光文社文庫

文庫書下ろし／長編時代小説

追慕

隠密船頭（七）

稲葉　稔

光　文　社

この作品は光文社文庫のために書下ろされました。

『追慕』

目次

小石川
白山
伝通院
神明宮
中山道
駒込
小石川御門
水戸徳川家
春日町
水道橋
千駄木
駒込追分
加賀前田家
本郷
道灌山
日暮里
霊雲寺
湯島天神
神田大明神
池之端仲町
不忍池
弁天
明神下
下谷広小路
東叡山寛永寺
根岸
谷中
外神田
下谷金杉町
御徒町
向柳原
三味線堀
広徳寺
幡随院
下谷竜泉寺町
甚内橋
元鳥越町
猿屋町
鳥越川
阿部川町
新吉原
千住大橋
御蔵前片町代地
新堀川
東本願寺
日本堤
首尾の松
御米蔵
御蔵前通り
御蔵前
浅草寺
田原町
西仲町
浅草広小路
材木町
並木町
浅草奥山
小塚原
山谷町
新鳥越町
新鳥越橋
御厩河岸之渡し
駒形町
雷門
花川戸町
日光道中
山谷堀
浅草駒形堂
竹町之渡し
吾妻橋
浅草橋場町
揚場
今戸橋
今戸町
白鬚之渡し
中之郷竹町
中之郷瓦町
源森川
竹屋之渡し
三囲稲荷
長命寺
向島墨堤
木母寺
隅田村
小梅村
須崎村
寺島村
北割下水
恩寺橋
業平橋
小梅村
天神橋
押上村
亀戸天神

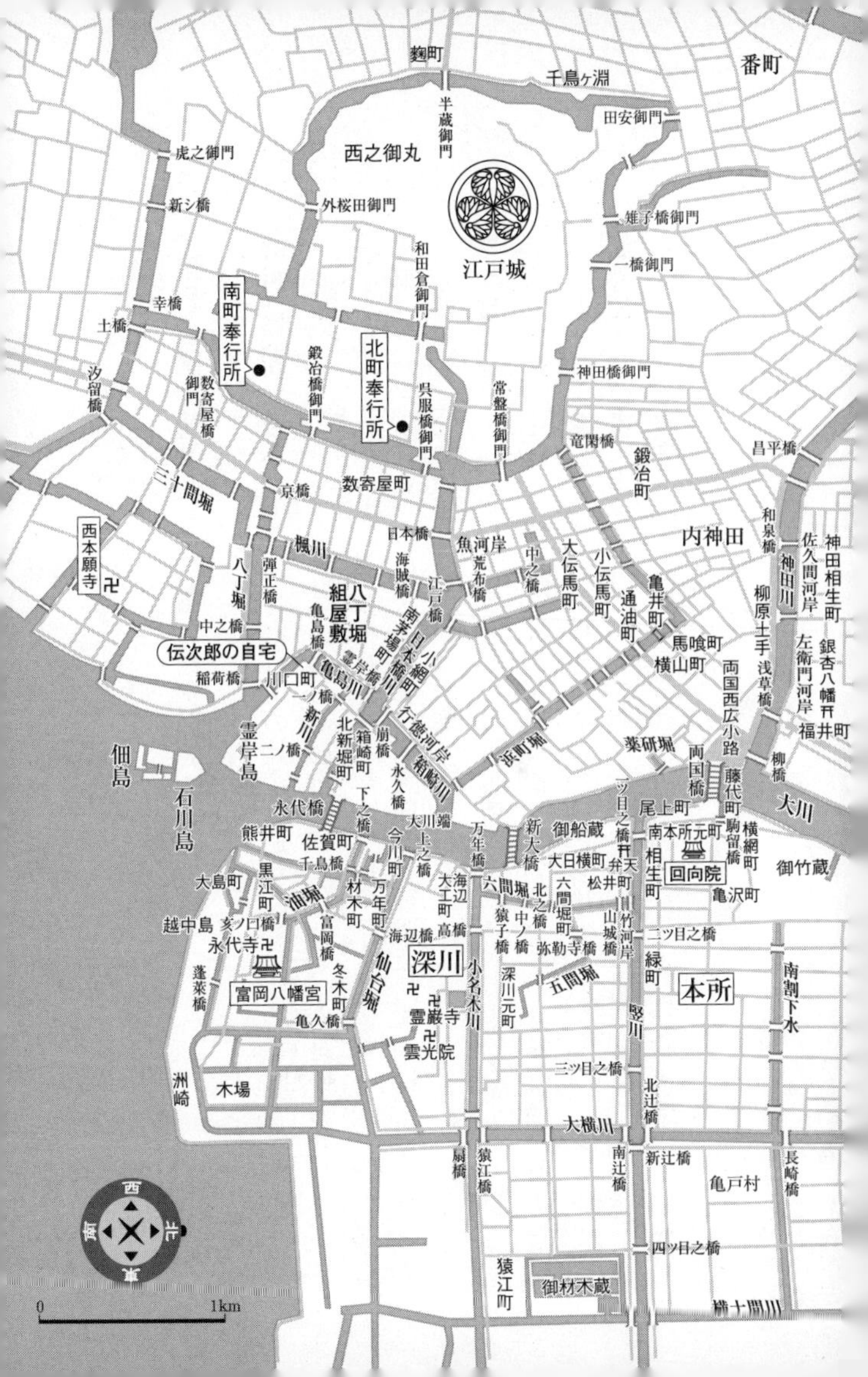
麹町
番町
千鳥ヶ淵
半蔵御門
田安御門
虎之御門
西之御丸
新シ橋
外桜田御門
雉子橋御門
和田倉御門
江戸城
一橋御門
南町奉行所
幸橋
土橋
北町奉行所
鍛冶橋御門
汐留橋
数寄屋橋御門
呉服橋御門
常盤橋御門
神田橋御門
竜閑橋
鍛冶町
昌平橋
三十間堀
京橋
数寄屋町
日本橋
西本願寺
八丁堀
弾正橋
楓川
海賊橋
魚河岸
荒布橋
中之橋
大伝馬町
小伝馬町
内神田
和泉橋
佐久間河岸
神田相生町
神田川
江戸橋
八丁堀組屋敷
亀井町
通油町
柳原土手
左衛門河岸
銀杏八幡
中之橋
伝次郎の自宅
亀島橋
南茅場町
日本橋川
小網町
馬喰町
横山町
両国西広小路
浅草橋
福井町
稲荷橋
川口町
亀島川
霊岸橋
一ノ橋
新川
北新堀町
箱崎町
崩橋
行徳河岸
箱崎川
浜町堀
薬研堀
両国橋
柳橋
佃島
霊岸島
二ノ橋
永久橋
藤代町
大川
石川島
永代橋
下之橋
大川端
上之橋
万年橋
新大橋
御船蔵
一ッ目之橋
尾上町
南本所元町
駒留橋
横網町
熊井町
佐賀町
今川町
相生町
回向院
御竹蔵
千鳥橋
大日横町
弁天町
松井町
大島町
黒江町
油堀
材木町
万年町
海辺大工町
六間堀
北之橋
六間堀町
山城橋
竹河岸
亀沢町
越中島
亥ノ口橋
富岡橋
海辺橋
高橋
猿子橋
中ノ橋
弥勒寺橋
二ツ目之橋
永代寺
深川
小名木川
深川元町
五間堀
緑町
南割下水
蓬莱橋
冬木町
仙台堀
霊巌寺
本所
竪川
富岡八幡宮
亀久橋
雲光院
三ッ目之橋
洲崎
木場
北辻橋
大横川
扇橋
猿江橋
南辻橋
新辻橋
長崎橋
亀戸村
四ッ目之橋
猿江町
御材木蔵
横十間川
西
北
東
南
0
1km

『追慕　隠密船頭（七）』おもな登場人物

沢村伝次郎　…………　南町奉行所の元定町廻り同心。一時、同心をやめ、生計のために船頭となっていたが、奉行の筒井和泉守政憲に呼ばれ、奉行の「隠密」として命を受けている。

千草　…………　伝次郎の妻。伝次郎の奉行所復帰を機に、新造として川口町の屋敷へ移る。

与茂七　…………　町方となった伝次郎の下働きをしている小者。

粂吉　…………　伝次郎が手先に使っている小者。元は先輩同心・酒井彦九郎の小者だが、伝次郎の手先をしている。

筒井和泉守政憲　……　南町奉行。名奉行と呼ばれる。船頭となっていた伝次郎に声をかけ、「隠密」として探索などを命じている。

追慕　隠密船頭（七）

第一章　おゆう

一

梅の花が咲き、そして桃の花が咲いた頃だった。

金吾《きんご》は忍城《おし》下の行田《ぎょうだ》から下総《しもうさ》と常陸《ひたち》に通じる幸手《さって》道に目を注いでいた。幸手道には旅の者が行き交う。なかには行田で商いを終えて、懐《ふところ》を温かくしている行商人がいる。

金吾は行き詰まっていた。仕事はなく、実家にいれば役立たずの邪魔者扱いをされる。昨夜は家を継いだ弟に無下《むげ》な言葉を投げつけられた。

「一旗揚げると言って江戸に出たのは、どこのどいつだ。それが食えなくなったからと戻ってきやがった。泣きつかれたって困るんだよ。余裕がありゃあ、血のつながった兄弟だから面倒も見てやるところだが、おめえも知ってのとおり、田も畑も少ないうえに、今年は不作だ。豊作になったところで、手許《てもと》にゃ雀《すずめ》の涙しか残らねえ。それで一家五人がようやく食えるんだ」

（あの野郎、おれを罵《ののし》りやがって……）

木立のなかに座り、往還《おうかん》に目を注ぐ金吾は、胸の内で吐き捨てた。すると、また昨夜言われたことを思い出した。

「いつまでいる気なんだよ。いたいんだったら飯の種《たね》になる稼ぎをしてくれねえか。ただ飯をいつまでも食わせるわけにゃいかねえんだ」

「てめえ、そんなことを……」

金吾は殴りつけてやりたくなったが、拳《こぶし》をにぎり締めて堪《こら》えた。

「宿賃代わりの金を持ってくりゃ、いつまでいてもいいけどよ、明日からは考えてくれ。大の大人を養う銭はねえんだ」

弟はそう言うと、そっぽを向いて煙管《キセル》を吹かした。何も言い返せない金吾は、弟の女房と、子供たちの冷たい視線を受けて、

「ああ、わかったよ。世話になったな」

腰を上げると、そのまま実家を出た。だが、一文無しである。今日も朝から何も食っていなかった。はたらき口を探すために、行田の町屋《まちや》を歩きまわったが、どこも手が足りているし、人を雇うところなどなかった。

窮《きゅう》しきった金吾の頭に浮かんだのは、盗みだった。

(もうそれしかねえ。金を手にしたら、また江戸に戻ろう)

そもそも、金吾が実家の忍城下に近い小針《こばり》村に戻ってきたのは、火付盗賊改方《ひつけとうぞくあらためかた》から逃げるためだった。江戸に出て一旗揚げるつもりで浅草《あさくさ》の小間物《こまもの》屋に奉公に出たが、何年たってもお仕着せを着せられたままの下働きの奉公人だった。手代になるには七、八年辛抱しなければならない。番頭になるにはさらに五、六年勤めなければならなかった。そんなことはわかっていたが、辛抱できなかった。

わずかな金を増やすために賭場《とば》に通ったが、増えるどころか借金をこさえてしまい、二進《にっち》も三進《さっち》もいかなくなり、店の金を盗んだのが見つかって暇を出された。

たまたま賭場で知り合った円蔵《えんぞう》という年寄りを頼ると、

「丁度いい稼ぎがある」

と、言われた。

「金になるんだったらなんでもします」

金吾は二つ返事をしたが、円蔵はどんな稼ぎなのか、すぐには教えてくれなかった。だが、円蔵は自分の長屋に居候《いそうろう》をさせてくれ、飯を食わせてくれた。それから十日ほどたったとき、話が決まったのでおまえにも手伝ってもらうと言われた。

「いったい何をやるんです？」

「まあ、それはあとの話だ。おめえが賭場でこさえた借金だが、昨日胴元と話をして返してきた」

「へっ、ほんとに……」

円蔵の親切に、金吾は驚きながらも、なんていい人なのだろう、こんな人との出会いもあるのだと、自分の運のよさに気をよくした。

「まあ、その金はいずれ返してもらうんだが、おれと手を組めばいい稼ぎができる」

「円蔵さんの言うことだったらなんでもします」

金吾は目を輝かせた。

「だが、このことは決して他人に話しちゃならねえ。裏切ったら、ただじゃすまねえ」

円蔵は底光りのする目でじっとにらむように見てきた。

金吾は少し考えた。まともな稼ぎではないだろうという勘もはたらいた。そもそも円蔵は仕事もしないで、毎日ぶらぶら遊んで暮らしている男だった。自分では隠居だと言ったが、胡散《うさん》臭さをその身に漂わせていた。

しかし、親切にしてくれるので、円蔵という人はそんなに悪い人間ではないはずだと思っていた。もちろん、それには金吾の甘さがあったのだが、円蔵を信じようと思った。

「世話になった円蔵さんを裏切るなんて滅相《めっそう》もありません。それに恩返しもしなけりゃなりませんから……」

「だったら、おれの言うとおりにするんだ」

金吾は真剣な顔で円蔵の話に耳を傾けた。その稼ぎというのは盗みだったのだが、金吾はそんなこともあろうと薄々思っていたので、さほど驚きはしなかった。それに、うまくいったら、五十両の分け前がもらえると聞き、すっかりその気になった。

三日後、円蔵は仲間を紹介してくれた。それは盗賊以外の何ものでもなかった。つまり、金吾は盗賊の仲間に入れられたのだ。仲間は円蔵のことを「お頭《かしら》」と呼び、盗賊同士の間では「鎌鼬《かまいたち》の円蔵」と呼ばれていることも知った。

とにかく金吾はその仲間になり、上野《うえの》にある丹後《たんご》屋という呉服問屋を襲うことになった。店の造りから金蔵の場所も、その金蔵にいかほど入っているか、奉公人が何人いて、主《あるじ》家族の部屋がどこにあるかもすべて調べ済みだった。

「金吾、何の心配もいらねえ。仕事はあっという間にすむ。分け前をもらったら、ほとぼりが冷めるまで好きなところで暮らすんだ」

盗みに入る前にそんなことを言われた。金吾はすっかりその気になっていた。

金吾は表の見張り役だったが、仲間が金をうまく盗み出してきたら、いっしょに千住《せんじゅ》宿に逃げることになっていた。

ところが、仲間が丹後屋に押し入ってすぐに異変が起きた。どこからともなく高《たか》張提灯《はりぢょうちん》を持った男たちが、丹後屋を取り囲んだのだ。そして、すぐに声が張られた。

「火付盗賊改方である！」

その声と同時に、鋭い呼子《よびこ》の音が夜空にこだました。

金吾は大変なことになったと青ざめた。捕まったらどうなるかわからない。必死の思いで逃げるしかなかった。さいわい捕り方には気づかれなかったが、金吾は町屋を右へ左へと縫うように駆けつづけた。

ひと息ついたのは、根岸《ねぎし》の稲荷《いなり》社の境内だった。円蔵らがどうなったのかわからなかった。おそらく捕まったのだろうと思った。

江戸に来たときから火付盗賊改方の噂を知っている金吾は、すっかりふるえあがっていた。もし、円蔵が捕まっていれば、自分のことも火付盗賊改方に知られる。そうなったらいずれ自分にも司直《しちょく》の手が伸びてくる。そんなことは御免蒙《こうむ》りたいと思った。

そのまま金吾は江戸をあとにして日光《にっこう》道中を辿《たど》り、宇都宮《うつのみや》宿にある飯盛宿《めしもりやど》の風呂焚《た》きに雇ってもらった。だが、それも一時のことで、小針村の実家に舞い戻ったのだった。それが今年二月のことだった。

しかし、実家を継いだ弟から除《の》け者扱いをされ追い出された。

梅の蜜を吸いに来た目白《めじろ》が近くでさえずりはじめたのに気づいた金吾は、我に返った。

弟の仕打ちには腹も立つが、貧乏百姓に未練などなかった。そもそも小作人《こさくにん》同然の親から継いだ田畑は日当たりのよくない痩《や》せた土地なのだ。そう思えば、家を継がなくてよかった、弟にまかせたのは正しかったとあらためて思うのだった。

西の空に移った日は、だんだん翳《かげ》りはじめていた。往還にできた樹木の影も長くなっていた。

暮れはじめた空を仰いで往還に視線を戻したとき、男の姿が見えた。背中に行李《こうり》を担いでいるが、足取りの軽さから商いを終えたあとだと察しがついた。その男がだんだん近づいてくる。連れはいない。

金吾は視界を遮る枝を払い、目を光らせた。中年の痩せた男だった。あいつなら素手でも力負けはしないだろうと思った。脅しのために懐に呑んでいる匕首《あいくち》をにぎった。

往還には他の人影はない。空は暮れはじめているので、あたりが薄暗くなっている。

中年の行商人はどんどん近づいてくる。金吾はつばを呑み込むとゆっくり立ちがり、木立を抜けて往還に立った。

行商人が驚いたように立ち止まった。

二

「何だ、びっくりするじゃねえか」

行商人は思ったより年寄りだった。髪には霜が散り、深いしわがある。四十半ばぐらいだろうか。

「商いは終わったのかい?」

行商人は眉宇《びう》をひそめ、

「何でそんなことを聞く?」

と、警戒する顔になった。

金吾はゆっくり近づいて、

「財布を出してくれねえか。おとなしくわたしてくれりゃ何もしねえ」

と、目に力を入れて相手をにらんだ。

「何を言ってやがる。金なんざない。邪魔だ、どいてくれ」

行商人はそのまま行こうとしたが、金吾は即座に肩のあたりをつかんで体を寄せた。

「金を出せと言ってんだ！　出せ！」

「やめろ！」

行商人は金吾の腕を払った。だが、金吾は腰に抱きついて地面に倒した。行商人の背負っていた行李が転がり、蓋《ふた》が開いた。それには何も入っていなかった。

金吾は馬乗りになって、短く揉《も》み合ったが、懐から匕首を取り出すと、行商人の首筋にぴたりとつけた。

「逆らうんじゃねえよ。金を出せと言ってんだ。出さなきゃ、このまま首をかっ切るぞ」

仰向けに転がっている行商人は青ざめた。唇を小さくふるわせ、

「き、切らねえでくれ」

と、生唾を呑んだ。

「金だ。どこだ」

金吾は言いながらも、行商人の懐《ふところ》をあさり、古びた二つ折りの道中財布をつかんだ。重みがあった。

「頼む、盗らないでくれ。女房と子供がいるんだ。金がないと生きていけねえんだ」

行商人は懇願したが、金吾はさっと立ちあがると、横腹を蹴った。

「ううっ」

蹴られた行商人は苦しそうに背をまるめてうめいた。

「いただくぜ」

金吾は財布を懐にねじ込むと、駆けるようにその場を去った。だが、背後から足音が聞こえてきた。振り返ると、追いかけてくる男がいた。

金吾はハッと目をみはった。さっきの行商人ではなく以作《いさく》という男だった。村の百姓だが、八州廻り《はっしゅうまわ》（関東取締出役《かんとうとりしまりでやく》）の手先をやっている番太《ばんた》だ。罪人を捕縛する捕吏《ほり》で、役目を笠に着ている横柄《おうへい》な男だ。村の雇われ者だが、いまや厄介者だった。

「クソ、あんな野郎に……」

金吾は身を翻《ひるがえ》して駆けた。だが、以作は足が速かった。

「待ちやがれッ！　てめえ、金吾だな。待て、待たねえか」

その声がどんどん背中に迫ってくる。

金吾は必死になって逃げる。捕まれば罪人にされる。行商人から奪った財布にいくら入っているかわからないが、十両以上あれば死罪だ。逃げながらいろんな事を考えた。

以作は村の者に目こぼしをしてやるからと金をせびり取ったり、因縁をつけて付け届けを強要したりする嫌われ者だ。後ろに八州廻りがついているからいい気になっているが、とんだ小悪党だ。盗んだ金を山分けしようと言えば、見逃してくれるかもしれない。

いやいや、あいつは信用できねえ。山分けをしたあとで、やっぱりおめえは許せねえと縄を打つかもしれない。捕まればどんな弁解をしても通用しないだろう。

「待て、待たねえか」

声はもうすぐ近くにあった。後ろを振り返ると、以作は五間《けん》（約九メートル）ほど近くに迫っていた。

金吾は林のなかに駆け込んだ。落ちかかっている日の光が、木立の間を抜けて斜めに射している。行く手を阻む枝を払い、足許に転がる倒木を飛び越えて必死に逃げる。

だが、以作は執拗《しつよう》だった。金吾がせせらぎを飛び越えたとき、背後から肩口に十手をたたきつけてきた。

八州廻りの手先となる道案内や番太には屈強な者が多い。以作もその例に漏れず、体が大きく腕力があった。

「うわっ」

十手で肩を打たれた金吾は藪《やぶ》のなかに倒れ込んだ。すぐに以作が飛びかかってきて、押さえつけようとする。だが、金吾も必死だ。押さえつけられまいと手足をばたつかせ、横に転がって逃げようとした。

「てめえ、あの行商人を脅して財布を盗《と》ったな。おれは見ていたんだ」

「放せ、放してくれ」

金吾は必死に抗《あらが》う。

以作が頬桁《ほおげた》を殴りつけてきた。一回、二回、三回……。

金吾の鼻から血が飛び散り、唇が切れた。それでも必死に抗った。懐の匕首をつかんだ。

「野郎、おとなしくしやが……」

以作の声が途切れた。驚き顔で自分の腹のあたりを見ていた。金吾が匕首でその腹を突いていたのだ。

以作の両手が体から離れると、金吾は敏捷《びんしょう》に立ちあがって数間逃げた。以作は両膝をついたまま腹を押さえていた。その手は真っ赤な血で染まっていた。

「て、てめえ……」

以作は禍々《まがまが》しい目でにらんできたが、金吾はよろけるように後じさると、そのまま一目散に林のなかを駆けた。

三

五カ月後──江戸。

楓川《もみじがわ》に傾いた日が射していた。ゆらゆら揺れている水面が弱くなった日の光を照り返している。おゆうは言いつけられた買い物から帰る途中だったが、川の畔《ほとり》に咲く木槿《むくげ》の花を眺めた。薄桃色の花びらが夕風にふるえるように動いていた。

（木槿……）

おゆうは木槿の花を見ると、胸が締めつけられる。死んだ姉のおもんが大好きだった花。長屋の家には竹筒の一輪挿《ざ》しがあり、おもんはいつも木槿を入れていた。

（姉さん……）

心中でつぶやいたおゆうの目にみるみる浮かんだ涙が、つーっと白い頰をつたった。

「なに、そんなとこに突っ立ってんだい」

いきなり背後から声をかけられて、おゆうはびっくりした。指先で涙をぬぐって振り返ると、女中頭のおさきが目くじらを立てていた。

「あ、すみません。すぐに戻ります」

「道草食ってるんじゃないよ。日の暮れは忙しいってわかってるだろう」

おさきはぷりぷりした顔で、おゆうをひとにらみすると、

「買い物はしてきたんだろうね」

と、おゆうの提《さ》げている手籠《てかご》に視線を向けた。

「はい、ちゃんと買ってきました」

「だったら早く戻らないか」

おゆうは小さく頭を下げて、楓川の畔を離れた。店はその川沿いにある本材木《ほんざいもく》町《ちょう》四丁目の藍玉《あいだま》問屋・武蔵《むさし》屋だった。

武蔵屋は間口は五間（約九メートル）ほどだが、奥行きが十二間（約二二メートル）ある大店《おおだな》だった。主の家族と奉公人が十八人、そして女中が五人いた。女中はすべて通いで、明け六《む》つ（午前六時）から暮れ六つ半（午後七時）頃まで勤める。表店《おもてだな》には出ない裏仕事だが、掃除・洗濯・炊事・買い物などと忙しい。もっとも勤務時間が長いので、女中たちは交替で三日に一日休みがあった。

藍玉は読んで字のごとく、藍色を作る染料だが、職人の巧みな手加減で濃い青や薄い青に染めることができた。阿波《あわ》産の藍玉が上物とされ、それを下り物と言い、関東一円の産を地藍《じあい》と呼んでいた。

もっとも藍玉の仕入れや出荷先については、女中らの知るところではない。ひたすら店の家族や奉公人たちのために、店の奥で下ばたらきをするだけだ。

だが店は、おゆうにとって決して居心地のいい場所ではなかった。言われたことをおとなしくこなすのはいいが、何事においても率先《そっせん》してやることができない。進んでやれば粗相《そそう》をするのではないかと気持ちがすくむのだ。人付き合いも下手《へた》なので、自然口数も少ない。

「洗い物がすんだら、夕餉《ゆうげ》の支度にかかるからね」

てきぱきと指図をするのは女中頭のおさきだ。裏仕事を取り仕切っている三十半ばの大年増《おおどしま》で、奉公人たちには「行けず後家《ごけ》」と揶揄《やゆ》されている。

「竈《かまど》の火が弱くなっているよ。誰か足しておくれ」

煮物の牛蒡《ごぼう》や大根を切っているおさきが、近くにいる女中に指図する。おゆうは茶碗や汁椀を出していたが、すぐに竈のそばに行って薪《まき》をくべた。

夕飯時は何かと慌《あわ》ただしい。茶の準備もあるし、漬物樽から漬物を取り出し、魚を焼いたり煮たり、米を研いで飯も炊かなければならない。奉公人たちの食事が終われば、その後片付けと洗い物をしてやっとその日が終わる。

おゆうより年嵩《としかさ》の女中たちは、仕事をしながら世間話やどこかで聞いた噂話をしてはくすくす笑ったりするが、おゆうはそんなおしゃべりに加わることは滅多にない。声をかけられても短く返事をして、かすかに笑う程度だ。

「あんたは大きな粗相はしないけど、何かが足りないんだよね」

そんなことを言う女中もいる。

力仕事になると、

「おゆう、あんたは一番若いんだから、こっちの仕事を頼むよ」

そうやって指図されるときはほとんどが力仕事だった。おゆうは若いけれど華奢《きゃしゃ》な体をしていた。決して力持ちではない。お徳《とく》という女中は太っていて、腕も足も太くて力持ちだが、そのお徳でさえ、おゆうに力仕事をわざと押しつける。

力仕事――それは薪《まき》割りだったり、蔵から米俵《こめだわら》を運んできて米櫃《こめびつ》に移し替えることだったり、水汲みだった。

さらに、厠《かわや》掃除とどぶ掃除はおゆうに押しつけられていた。慣れればどうということはないが、やはり気乗りしない仕事であった。

その日も奉公人たちの夕餉の片付けをして一段落した。

「明日もあるんだからね。いつまでもグズグズ食ってるんじゃないよ」

先に食事を終えたおさきが不機嫌そうな顔をおゆうに向けた。店の者が食事を終えると、女中たちは賄《まかな》いを食べて帰るのだが、おゆうはガツガツと食べることができない。

「ほんと、あんたはのろまなんだから」

おさきは嫌みな言葉を付け足して、流しに自分の飯碗と汁椀を持って行った。

「おゆう、あとのこと頼むよ」

「はい」

「おさきさん、おゆうは明日休みですよ」

おゆうの隣に座っている女中がそう言うと、

「ふうん、そうだったわね。明後日もちゃんと出てくるんだろうね」

「来ます」

おゆうはそう応じて、飯碗と汁椀を流しに運んで洗いにかかった。誰も自分を庇《かば》う者はいない。不平があれば文句のひとつも言いたいが、そんなことはできない性分《しょうぶん》だから黙って堪《た》えるしかなかった。

「おゆうちゃん、手伝ってあげるよ」

隣に来てそう言ったのは、唯一おゆうにやさしくしてくれるお茂《しげ》だった。

「あんたも黙っているから、ひどいこと言われるんだよ。たまには口答えしたっていいんだよ。おさきさんの口の悪さには、わたしもときどき頭にくるんだ」

お茂はおさきが帰ったのをたしかめるように、裏の勝手口を見てから言った。

「でも、わたしがいけないんです」

「あんたはやることとやっているよ。ほんの少しのろいだけじゃない。あ、こんなこと言ったらおさきさんと同じだね。ごめんね」

お茂は悪びれたように首をすくめて苦笑いした。

「あとはわたしがやりますから、お茂さんは早く帰ってください」

お茂は四歳の子を持つ女だった。子供が乳離れしたので武蔵屋の女中仕事をしているのだった。

「それじゃ、お言葉に甘えて先に帰るよ」

お茂はそのまま裏の勝手口から帰っていった。

おゆうがようやく仕事を終えて武蔵屋を出たのは、それから小半刻《こはんとき》（三十分）ほどたってからだった。町屋はすでに夜の帳《とばり》に包まれていた。

「おゆうだな」

闇のなかから突然あらわれた男が声をかけてきたので、おゆうは心底びっくりして立ち止まった。

四

「驚かしちまったかい。堪忍な。おれのこと覚えていねえかい」

粂吉《くめきち》が話しかけても、おゆうはきょとんとしていた。

「おめえの姉さんが不幸になっちまったとき、同心の栗田《くりた》の旦那についていた者だ。粂吉と言うんだが……」

おゆうは怯《おび》えたような顔のままだった。

「家はこの近所だったな。家移《やうつ》りしたって聞いて、どうしているんだろうと気になっていたんだ」

おゆうは手にしている提灯のあかりを顔に受けていた。その顔は白く、まだ若い。死んだおもんという姉とはたしか八つ違いだったはずだ。

「仕事の帰りかい？」

「はい」

「仕事先は近くなのか？」

「この先の武蔵屋という店ではたらいています」

「そうかい。遅くまでご苦労だな。気をつけて帰るんだぜ」

おゆうはぺこりと頭を下げて、そのまま河岸道から横の路地に入って姿を消した。

粂吉はおゆうを見送ってから、夜空に浮かぶ月を眺めて家路についた。


正木町《まさきちょう》の自宅長屋に戻ったおゆうは、腰高障子《こしだかしょうじ》をしっかり閉めると、猿《さる》を落とした。それから居間に上がり、行灯《あんどん》をつけ、ふっと肩を動かしてしばらく座り込んだ。

粂吉という男に声をかけられ、びっくりしたけれど、悪い人ではなさそうだ。それでも姉のことを知っていると言われ、意外に思った。だけれど、町方の手伝いをしているなら無理もないと納得した。

姉のおもんが死んだのは、三月《みつき》前の四月だった。知らせを聞いたときはまさかと、にわかには信じられなかった。それで急ぎ、鎧《よろい》の渡しに行くと、姉と京菓子店〈紫屋《むらさきや》〉の跡取り・弥助《やすけ》が同じ筵《むしろ》に並べられていた。

おもんの死に顔を見たとき、おゆうは気を失って倒れた。気がついたときは小網《こあみ》町《ちょう》の自身番《じしんばん》のなかだった。そこで、栗田理一郎《りいちろう》という同心から詳しい話を聞かされ、紫屋弥助と無理心中したことがわかった。

姉は死ぬような人ではないと言ったが、栗田という同心から弥助に無理矢理付きあわされて死んだのだろうと教えられた。

そのじつ、姉のおもんには鎧の渡しの船宿〈鈴木屋《すずきや》〉与一郎《よいちろう》との縁談が決まっていたのだ。弥助はその二人に嫉妬《しっと》をして無理心中を図ったのだった。

「姉さん……」

おゆうは蚊の鳴くような声を漏らして、小さな仏壇に飾ってあるおもんの位牌を眺めた。

(ほんとうにいなくなったんだよね)

おゆうはいまでも姉が帰ってきそうな錯覚に陥ることがある。夢にも姉がときどき出てくる。

おゆうにとって姉のおもんは、すべての支えだった。早くに両親を亡くしたおもんは、十歳のときから針仕事をはじめ、十七歳で独り立ちをし、二十歳になるとお武家に出入りできる御物師《おものし》になった。

おゆうはその手伝いをしたが、姉のように手先が器用ではないからなかなか上達しなかった。姉は仕事を取ったり、請けたりするときの交渉もうまくすべてにおいてそつがなかった。

「おゆうはぶきっちょだからしかたないね」

ときどき、姉にそんなことを言われたが、ほんとうに自分はぶきっちょだとおゆうは思わずにはいられなかった。それでも、姉の仕事の手伝いができるのが嬉しかった。

年が八つ離れていたので、おゆうは姉のことを母親のように思うこともあった。実際、おゆうをここまで育ててくれたのは、姉のおもんだと言ってもよかった。

紫屋の弥助が仕事場にやってくるようになったのは、半年ほど前だった。最初は着物の仕立てを頼みに来たのだが、そのうち用もないのにやってきては取り留めのない話をして姉妹を笑わせた。ときどき店の菓子を土産だと言って持ってくることもあった。

悪い人ではないと思っていたのに、弥助は姉と無理心中をして死んだ。

悲しみはいまでも癒《い》えないが、姉を失ったおゆうは、これからはひとりで生きていかなければならないことに気づき、ようやくはたらき口を見つけた。それが、武蔵屋だった。

しかし、数年は遊んで暮らせるだけの金があった。姉がひそかに蓄えていたのだ。だからといって、それをあてにするわけにはいかない。

姉のように強く逞《たくま》しく、そして世の中を渡っていく自信はないが、それでもおゆうは自分なりに生きていかなければならないと思っている。

武蔵屋は決して居心地のよいところではないが、少し辛抱しなければならないと、自分を戒めていた。

「姉さん、明日は休みよ。会いに行くね」

おゆうは位牌に話しかけた。

五

粂吉は自宅長屋の入り口まで来て、気が変わった。

やってきた道を振り返ってきびすを返した。まだ寝るには早い。それに近頃、主である沢村伝次郎《さわむらでんじろう》からの沙汰《さた》がない。もっとも気になっていることだった。かといって伝次郎の家を訪ねるのも気が引けるので、伝次郎の連れ合いの千草《ちぐさ》がやっている店に、たまには顔を出そうと思ったのだ。

千草からなんとなく話が聞けるかもしれないし、よもや伝次郎が病に臥《ふ》せたりしていないだろうかというかすかな心配もあった。もっとも、そんなやわな人でないのはわかっているが、気になっているのは正直なところだった。

楓川に架かる松幡《まつば》橋をわたり、町屋を抜けて八丁堀《はっちょうぼり》の河岸道を辿る。ところどころに夜商いをしている料理屋や居酒屋のあかりが道にこぼれている。川沿いの柳が夜風に揺れている。風はすっかり秋めいているが、日中は夏の暑さの名残《なごり》があった。

本八丁堀《ほんはっちょうぼり》五丁目の角、高橋《たかはし》の西詰に千草の店はあった。行灯に「桜川」という文字が浮かび、暖簾《のれん》にも同じ店名が染め抜かれている。

腰高障子は半分開いていたが、客の声はしなかった。粂吉は暖簾を撥《は》ねあげて敷居をまたいだ。

「粂さん」

声をかけてきたのは、与茂七《よもしち》だった。板場から出てきた千草が、「あら、いらっしゃい。めずらしいわね」と、小さな笑みを見せた。

「しばらくですね」

粂吉は千草に軽く会釈をして、与茂七の隣に腰掛けた。

「やりますか？」

与茂七はそう言って酌をしてくれる。

「旦那はどうなさっている？　しばらく沙汰がないんで気になっているんだ」

粂吉は正直なことを口にした。与茂七は伝次郎の家に居候している男だ。

「元気ですよ」

与茂七は素《そ》っ気《け》なく答える。

「ならいいが、このところ暇だから、どうなさっているかと思ってな」

「粂さん、あの人は毎日好きなことをしていますよ。暇なことはよいことだ、それだけ世の中が平穏なのだと言って、今日は釣りに行ってましたわ」

「おいらといっしょに行ったんです」

与茂七がぐい呑みに口をつけて言う。

「釣りか。いいなあ」

「旦那は釣りがちっともうまくならない。今日も釣ったのは雑魚《ざこ》ばっかり。剣術はめっぽう強いのに、釣りはからきしだめだから、おれが教えてんです」

与茂七は得意げに言って、これもおれが釣ってきたのだと皿を示す。それは疣鯛《いぼだい》の煮付けだった。

「粂さんもいかが、もう一匹残っているのよ」

千草が声をかけてくる。粂吉はいただきますと返事をした。

「おいらもこの頃粂さんを見てないから、どうしてるんだろうと思っていたんです。おかみさんも気にかけていたんですよ」

粂吉は板場に立ち背を向けている千草を見て、与茂七に顔を戻した。

「おれは見てのとおり、いつもと変わらねえよ。だけど、何もしてねえと申しわけないと思うんだ。もっとも、何もないに越したことはねえが」

他愛《たわい》のない話をしているうちに、千草が疣鯛の煮付けを運んできた。八寸ほどの鯛で、酢醤油と酒で煮込んであり、生姜《しょうが》が生臭さを消していた。条吉は早速つまんでうまい、と思わずうなった。

「おいらが釣った魚ですから」

「いや、おかみさんの味付けがいいんだろ」

「鯛もいいんですよ」

与茂七は少しムキになって言うが、半分は冗談だと条吉にはわかる。

「それじゃ両方だ」

条吉が言葉を返すと、千草がくすっと笑って、表を眺め、

「今日は暇だわ。早仕舞いしちゃおうかしら」

と、言って条吉と与茂七を振り返り、あなたたちはゆっくりしてていいですからと、言葉を足す。

「三月ほど前に鎧の渡しで無理心中があったのを覚えているか」

粂吉は急に話題を変えた。さっき、おゆうに会ったせいだ。

「ああ、そんなことがありましたね。粂さんが手伝ったって、あの心中でしょう」

与茂七は関わっていないのでさほど関心がないようだ。それでも、

「その心中が何か……？」

と、顔を向けてきた。

「ありゃあ、御物師のおもんと紫屋という京菓子屋の跡取りだった。弥助って男だったが、やつがおもんに勝手に惚れ込んで心中したんだが、おもんには船宿鈴木の与一郎という倅《せがれ》がいた。そろそろ祝言を挙げようという矢先のことだった」

「すると、おもんは死ぬ気がないのに殺されたようなもんじゃないですか」

「不幸というか不運というか……気の毒なことだ。鈴木の与一郎の悲嘆は見ていられなかったが、おもんにはおゆうという妹がいるんだ。その子にさっきばったり会ってな」

「飯でも食ったんですか？」

「馬鹿、そんなことするか。立ち話をしただけだ。おとなしくていい娘だ。いまは姉を亡くして侘《わび》しい独り暮らしだ」

「身内はいないんで……」

「早くに親を亡くして、姉のおもんと二人暮らしだった。おもんがおゆうを育てたようなもんだという。年が八つばかり離れてんだ」

「おゆうって女はいくつなんです？」

「十七の娘盛りだ。それで天涯孤独の身だ。もっとも、そんな女は他にもいるんだろうが……」

粂吉はしみじみと言って酒を嘗《な》めるように飲んだ。

「なんで、そんな気にするんです？」

「たまたま会ったせいもあるし、近所に住んでるから気になったまでだ」

「ちゃんとはたらいてりゃ、いいもらい手があるんじゃないですか」

与茂七にとってはまったくの他人事《ひとごと》のようだ。

「まあ、そうなりゃ世話ないが……」

粂吉は、線が細く薄幸《はっこう》そうな顔をしているおゆうを思い出した。

「粂さん、わたしも少しいただいちゃおうかしら。今夜は暇だから三人で飲みましょう」

千草が板場から出てきて言った。

「おかみさん、旦那を放っておいていいんですか」

与茂七が冷やかすように言うと、

「たまにはいいじゃない。さ」

千草は粂吉に酌をしてくれた。

六

「旦那、御番所《ごばんしょ》から使いが来ています」

沢村伝次郎が奥の間で、刀を手入れしているときだった。知らせに来たのは与茂七である。

「御番所から……お奉行の使いか」

そう聞くのは、伝次郎が南町奉行・筒井政憲《つついまさのり》の右腕となってはたらいているからだった。その身分は、内与力《うちよりき》並みである。つまり、筒井の直属の配下と言っていい。

「沢村様、奉行所までおいでいただけますか」

玄関に行くと、奉行所雇いの中間《ちゆうげん》がそう言った。

「お奉行からの呼び出しか?」

「いえ、内与力の長船《おさふね》様です」

内与力の筆頭だ。伝次郎は長船甲右衛門《こうえもん》の白くてしわ深い長い顔を思い浮かべた。

「長船様が……。相わかった。支度をしてすぐにまいる」

伝次郎は中間を帰すと、

「与茂七、御番所へ行く。ついてまいれ」

と、命じて奥の間で早速着替えにかかった。

探索の場合は、着流しに黒紋付の羽織という楽な恰好だが、呼び出しを受けての出仕なので継裃《つぎがみしも》に襠《まち》の低い平袴《ひらばかま》である。玄関へ行くと、千草が待っていた。

「久しぶりの出仕でございますね」

「うむ。昼までには帰ってこられるだろう」

伝次郎は大小を腰に差して、与茂七を表にうながした。

「何か厄介ごとができたんでしょうかね」

与茂七が歩きながら言う。

「行ってみなければわからぬ」

伝次郎は颯爽《さっそう》と歩く。

日射しは強くなっているが真夏ほどではなく、風も爽やかだ。道端には露草《つゆくさ》や水引《みずひき》が見られ、町屋の塀越しに芙蓉《ふよう》の花が日射しにほころんでいる。

「昨夜、粂さんと飲んだのは話しましたけど、十七の娘のことを気にしていました」

「十七の娘」

伝次郎はちらりと与茂七を見た。

「なんでも姉が無理心中にあい、独り暮らしになったらしいんです。近所に住んでいるので気になっていると……まさか、粂さんの年で十七の娘に惚れるなんてことはないでしょうが、あの人が女の話をするのはめずらしいです」

「そうか。粂吉は元気そうであったか？」

「相も変わらずですよ」

伝次郎は前方に顔を向けた。長船甲右衛門からどんな用を言いつけられるのかわからないが、場合によっては粂吉を動かさなければならない。

伝次郎はそんなことを心の片隅で思った。

奉行所に入ると、表玄関を使わず内玄関から入り、用部屋に入って控えた。取次ぎの者が伝次郎の到着を伝えに行っている間、伝次郎は静かに目を閉じて待った。

町奉行は午前中はほとんど登城しているので、おそらく長船の用は筒井奉行からの申しわたしであろうと、伝次郎は勝手に推量した。

しばらくして、一方の襖《ふすま》が開けられ長船が姿を見せた。伝次郎は両手をついて頭を下げる。足袋《たび》が畳を擦る音が近づいてきて、長船が近くに腰を下ろした。

「お呼び立てに与《あずか》り参上つかまつりました」

「うむ、面《おもて》をあげよ」

伝次郎が顔をあげると、目の前に長船の長い顔があった。しわ深い顔にはしみも散らばっている。

「手短に用向きを伝える。お奉行からのご下命である」

長船は薄い唇を動かして言うと、懐から書面を取り出し、伝次郎の前に置いた。それは二枚あり、いずれも似面絵《にづらえ》付きの人相書《にんそうがき》だった。

伝次郎は眉宇をひそめて長船を見た。

「この二人は二月ほど前、つまり五月の初め頃であるが、神田和泉橋《かんだいずみ》のそばで小市《こいち》という座頭《ざとう》を殺した浪人だ。定町廻《じょうまちまわ》りの本多長十郎《ほんだちょうじゅうろう》が扱っていたが、いまだ片づいておらぬ。また調べにあたっていた本多が、別の一件の調べで大怪我をしてしばらく勤めができなくなった。放っておけば、永尋《ながたずね》になりかねぬ。そこでお奉行が沢村を名指しされた」

永尋とは捜索開始から百八十日を過ぎて期限を設けずに探索を続行することだが、実際には打ち切りと同じであった。

「本多長十郎が怪我をとおっしゃいましたが、何故《なにゆえ》？」

「船宿で喧嘩騒ぎを起こしたやくざを捕縛に行った先で、隙《すき》をつかれて刺されたのだ。さいわい命に関わる怪我ではなかったが、すぐには仕事に戻れぬ体になった」

「さようなことが……」

伝次郎はため息をついた。本多長十郎は三十半ばのやり手同心だ。伝次郎は直接会ったことはないが、話に聞いて知っていた。もともと伝次郎も定町廻りだったのである。

「この二人の行方はわかっているのでしょうか？」

伝次郎は膝許にある二枚の人相書に視線を落とした。

「わからぬ。江戸にいるのか、いないのか。だが、お奉行は永尋にはしたくないとおっしゃる」

その気持ちは伝次郎もなんとなく理解できた。殺されたのは座頭だ。物乞いに近い按摩《あんま》かもしれない。それでも同じ赤い血を持つ人間である。また、好んで目が見えなくなったわけでもないはずだ。人を分け隔てなく扱い軽く見ない、下情《かじょう》に通じた筒井奉行は決してこの一件を軽視しないという肚《はら》なのだろう。

「この二人を捕縛しなければならぬということですね」

「申すまでもなく」

「承知つかまつりました」

伝次郎は二枚の人相書を引き寄せ、丁寧に畳んで懐にしまった。

「しかと申しつけた」

長船はそう言うと、先に立ちあがって用部屋を出て行った。

奉行所の表門に戻ると、門そばにある腰掛けで待っていた与茂七が立ちあがった。

「与茂七、仕事だ。粂吉を連れておれの家に来い」

「へい」

そう答えた与茂七は奉行所を出ると、伝次郎を置き去りにする恰好で駆けていった。

七

下槇町《しもまきちょう》に〈宝《たから》湯〉という湯屋《ゆや》がある。明け六つから、おおむね夜五つ（午後八時）までの営業だが、昼時分の四つ（午前十時）から八《や》つ（午後二時）の間は、暖簾を下ろしての休みになる。

下槇町は通《とおり》四丁目から本材木町四丁目に抜ける片側町《かたがわまち》だ。宝湯は界隈《かいわい》の商家の奉公人や職人たちに重宝《ちょうほう》がられていた。

金吾は一度江戸から逃げ、実家の小針村に戻ったが、弟に半ば追い出される恰好で無《む》宿人《しゅくにん》となり、再び江戸に戻っていたのだった。

しかし、あまり人目につく仕事には就きたくなかった。江戸に戻ってきた直後は、日傭取《ひようとり》などをして食いつないだが、運良く風呂焚《た》き仕事が見つかった。それが宝湯だった。

朝の仕事が一段落すると、金吾は通りの先にある楓川へ行って煙草を喫《の》んで暇をつぶすようになっている。川沿いにはところどころに長腰掛けがあり、年寄りや行商人が一休みをする。金吾もその長腰掛けを利用して、通りや楓川を行き交う舟を眺める。

河岸道には大小の商家があるが、すぐそばに武蔵屋という大きな藍玉問屋があった。忙しそうにはたらく奉公人たちを見ていると、おれも辛抱していれば今もああいう店ではたらいていたんだろうなと、ぼんやりと思う。

しかし、武蔵屋にはろくな女中がいない。若いおゆうという女中を除けば、どいつもこいつも薹《とう》の立った年増ばかりだ。

とくに四十になっていそうな女中頭は意地の悪い女だ。金吾はときどきその女中が若い女中をきつく叱ったり、罵《ののし》ったりしているのを見ている。

可哀想だと思い、庇《かば》ってやろうと足を進めたことが何度かある。だが、すんでのところで、いや余計なことだ、下手に関わったばかりに自分のことが世間に知られたら困ると思い直して、遠くから見ていた。

朝から晩まで風呂焚きをしている金吾は、このまま煤《すす》だらけの仕事をつづけるつもりはない。辛抱してあと一年だろうと、自分のなかで算盤《そろばん》を弾いていた。その間に、自分がこれまでやってしまったことは水に流されると考えていた。

そうなったら、また一からやり直して、ちゃんとした店に奉公に出るつもりだ。それまでは宝湯の主の信用を得なければならない。信用を得ることができれば、新しい仕事先の請人《うけにん》になってもらえるはずだ。

金吾は自分の世渡り下手は、堪《こら》え性《しょう》がなく、飽きっぽいからだということに気づいている。だから、いまは煤だらけになっても辛抱しようと自分に言い聞かせていた。

煙草を喫みながら楓川を眺める。ゆらゆら揺れる水面が日の光をちらちらと照り返していた。対岸は桑名《くわな》藩松平越中守《まつだいらえっちゅうのかみ》の上屋敷だ。そのために、近くに架かる橋は越中橋と言った。

その橋に何気なく視線を向けたとき、金吾は眉を動かした。おゆうという武蔵屋の女中がわたってくるのが見えたのだ。そのおゆうは同じ長屋に住んでもいる。

金吾は一度武蔵屋を見てからおゆうに視線を戻した。それから立ちあがって橋のそばまで行った。

うつむき加減に歩いてくるおゆうは小さな籠《かご》を提《さ》げていた。着物は武蔵屋のお仕着せではなく、仕立てのよさそうな薄藍色の絣《かすり》だった。

「よう」

金吾が声をかけると、おゆうがビクッとした顔で立ち止まった。

「あんた、武蔵屋の女中だな。それに、おれと同じ長屋に住んでいる」

おゆうは一度まばたきをして目をみはった。

「ほら、厠のすぐそばにある一番安い家だよ。まあ、おれと顔を合わせることはなかったが、おりゃあ知ってんだ」

「そ、それは失礼いたしました」

「なに、気にすることはねえ。おれは朝が早いし、夜は遅いからな。今日は休みかい？」

「へえ」

「宝湯を知っているだろう。武蔵屋のすぐそばにある湯屋だ。おれはそこの風呂焚きをしてんだ」

「おれは金吾って言う者だが、あんたはおゆうと言うんだな」

「そうなんですか」

「……はい」

おゆうはおどおどした顔で返事をする。

「覚えておいてくれねえか。おめえさんを見たんで、挨拶《あいさつ》をしておこうと思ったんだ」

「それはわざわざ」

おゆうは会釈をした。すぐ帰りたそうな素振りだ。

「同じ長屋だから、また会うこともあるだろう。よろしくな」

「へえ」

おゆうはもう一度会釈をすると、今度こそ立ち去った。金吾は口許に笑みを浮かべて、おゆうの後ろ姿をしばらく眺めていた。

「気の小さいおとなしい子なんだな」

金吾は独《ひと》りごちてから宝湯に足を向けた。風呂の焚き口の掃除と薪割りをしなければならなかった。

腰高障子にあたっていた夕日が、すうっと消えた。カナカナカナと鳴く、蜩《ひぐらし》の声もそれに合わせて少なくなった気がした。

おゆうは一輪挿しに投げ入れた芙蓉《ふよう》の花を眺めていた。

姉を亡くし独り暮らしをはじめて間もないが、やっと慣れてきた。慣れないのは武蔵屋での女中仕事である。姉のように手先が器用なら、針仕事で生計を立てることができるのだが、自分の不器用さを知っているので無理だとあきらめている。

武蔵屋ではない店に移りたいという思いもあるが、おそらくどこへ行っても同じだろうと、どうしてもおゆうの気持ちは後ろ向きになる。

何か商売をと考えても、思いつく仕事はない。だけれど金はある。姉のおもんが残した金だ。それも五十余両。大金である。それだけの金があれば、なんでもできる。しかし、姉がコツコツ貯めた金だ。手をつけてはいけないと、おゆうは自分を戒めている。

ぼんやりした顔で物思いに耽《ふけ》っていると、腰高障子に影が映り込み、

「おゆう、いるかい」

という声がかけられた。
おゆうはその声を聞いて目をみはった。

第二章　風呂焚き

一

伝次郎が本多長十郎の組屋敷を訪ねたのは、日の暮れだった。

玄関で訪《おとな》いの声をかけると、長十郎本人が浴衣姿で出てきて少し驚き顔をした。

「これは沢村様……」

名乗るまでもなく、長十郎は伝次郎のことを知っていたようだ。伝次郎はこの男がそうかと、まっすぐ顔を見た。涼しげな目を持つ利発そうな面立《おもだ》ちで、中肉中背だ。

「ひどい目にあったそうだな」

「不覚でした」

長十郎は唇を噛んだあとで、おあがりくださいと客座敷に誘《いざな》ったが、歩き方からまだ刺された腹を庇っているのがわかった。

「傷の具合はどうなのだ？」

伝次郎は座敷で向かい合うと訊《たず》ねた。

「急所を外れていたので助かりましたが、傷が少し深かったようです。それでもだいぶ楽になりました」

「無理はせぬことだ」

「ありがとう存じます。おい、誰かおらぬか」

長十郎は家の奥に声をかけた。裏庭からまわり込んでくる下駄音がして、長十郎の妻が座敷前にあらわれた。

「内与力の沢村様だ。茶を頼む」

「あ、初めまして妻の琴絵《ことえ》でございます。少しお待ちくださいませ」

「どうぞおかまいなく」

伝次郎は断ったが、妻女はそのまま台所に下がった。

「もしや、座頭小市の一件では……」

有能な同心だけに察しが早い。

「いかにも。今日、長船様に呼び出しを受け、その一件を預かることになった。大まかな話を聞き、人相書も受け取ったが、調べがどこまで進んでいるか聞いておきたいのだ」

「ごもっともなことです。お世話をおかけいたします。直截《ちょくせつ》に申しますが、下手人の二人の行方はわからずじまいです。ことによれば江戸を離れているかもしれませぬ」

伝次郎は眉宇をひそめた。江戸を離れているのなら追いようがない。しかし、長十郎は言葉をついだ。

「されど、これまで調べたことから、その二人が江戸を離れたとは考えにくいのです」

「何故……」

「座頭小市を殺した加瀬彦三郎《かせひこさぶろう》と篠原助右衛門《しのはらすけえもん》は、江戸生まれの江戸育ちで、江戸を離れたことがないのです。江戸を離れての遊山《ゆさん》旅もしておりません。人を殺したからといって、在所《ざいしょ》に逃げたとしても知己《ちき》がありません。しばらく江戸を離れたとしても、おそらく戻ってくると考えられます」

「ふむ。なぜ加瀬と篠原は、小市を殺したのだ?」

「これがわからぬのです。小市が殺されたのは、神田和泉橋のそばでした。小市と二人の浪人が揉めているのを見たと言う者はいません。近くにいた誰もが気づいたときには小市が斬られ、その場に突っ伏していたのです」

「すると、小市はいきなり斬られたのか?」

「詳しいことはわかりませんが、そう考えるしかありません。小市は橋の袂《たもと》にある腰掛けに座っていたのですが、それが死に場所になったというわけです」

「小市はどこに住んでいたのだ?」

「神田相生町《あいおいちょう》です。大通りにある宇兵衛店《うへえだな》でした」

長十郎が大通りと付け足すのは、神田相生町が南北に分かれているからだ。大通りは神田佐久間町《さくまちょう》の北側の通りを指す。さらに神田八軒町《はちけんちょう》を挟んだ北側は、中通りと通称されている。

「小市と加瀬と篠原の関係は?」

「これがまったくわからぬのです。双方にはまったく関わりが見つかりません。加瀬と篠原が小市の長屋を訪ねたことも一切ないのです」

そこへ長十郎の妻が茶を運んできた。

伝次郎は礼を言って、疑問を口にした。

「双方にはまったく関わり合いがなかった。されど、下手人が加瀬と篠原ということはわかっている。それはなぜだ？」

「小市を殺して逃げる二人を何人もが見ています。また、その二人は小市を手にかける前に、近くのそば屋で飲み食いをしていたのです。たぬき庵《あん》というそば屋ですが、二人はそこの贔屓《ひいき》客で、たぬき庵の主夫婦もよく知っている客だったのです」

「つまり、たぬき庵の夫婦が、小市を殺したのが加瀬と篠原の仕業だったと見極めたということか」

「逃げる二人の身なりから、そう断じたのです」

夕日が落ちたのか、座敷が急に暗くなった。伝次郎が茶に口をつけると、長十郎が燭台《しょくだい》に火を点《とも》した。

「加瀬と篠原はどこに住んでいた？」

「神田九軒町《くけんちょう》代地にある伊左衛門《いさえもん》店です。その長屋の借主は篠原で、加瀬は居候でした」

長十郎は腹の傷を庇《かば》っているらしく、しんどそうな顔をして座り直した。

「加瀬と篠原のつき合いは長いのだろうか？」

「はっきりとわかってはおりませんが、二人は以前神田お玉ヶ池にある千葉周作《ちばしゅうさく》道場の門弟だったというのがわかっています」

「玄武館《げんぶかん》の門弟だったと……」

千葉周作の名は広く知れわたっている。その道場の名を玄武館と言った。その流派は、周作が独自に編み出した北辰一刀流《ほくしんいっとう》である。

「二人とも免許持ちです」

するとかなりの使い手と言っていいだろう。

「二人を追う手掛かりは……」

伝次郎は燭台のあかりに片頬を染められている長十郎を見つめる。

「情けない話ですが、ありませぬ」

長十郎は首を振った。

「さようか」

どうやら振り出しから調べ直すしかないようだと、伝次郎は肚《はら》を括《くく》った。

「それにしても、おぬしを刺した男はいかがした?」

「身共《みども》の手先がその場で押さえました」

「それはよかった。だが、災難であったな」

「お恥ずかしい話です」

「お奉行はこの一件、永尋で終わらせたくないとお考えのようだ。座頭は気の毒な身の上、それも江戸に住む罪なき町民であるから、なおさらのことであろう」

「いかにもさように思いまする」

「夕餉時分に邪魔をした。しっかり養生することだ」

「ありがとう存じます」

伝次郎はそのまま長十郎の屋敷をあとにした。

二

おゆうは朝餉に作っておいた根深汁《ねぶか》を温め直し、めざしを焼いて夕餉を終えた。

夜はこれからが長い。姉のおもんといっしょに暮らしているときには、眠くなるまであるいは夜が更けるまで針仕事の手伝いをしながら、いろんなことを話したので、退屈することはなかった。

しかし、姉を亡くしてからというもの、夜が長く感じられてしかたがない。誰か話し相手がほしいと思うが、進んで他人に話しかけることが苦手だから、いつもおゆうはひとりだ。行灯のあかりでできた自分の影を見ながら、ぼんやりと座って眠くなるのを待つ。

姉と暮らしているときは、二階建ての長屋だった。一階が仕事場と居間を兼ね、二階は姉妹の寝間だった。その二階から夜空を眺めて星を数えた。昼間はすぐそばの屋敷の庭に植えられた木々を眺めて、季節の移ろいを知ることができた。

春は木槿《むくげ》、夏は赤い花をつける百日紅《さるすべり》、秋が深まると楓《かえで》が色づいた。

だけど、この長屋はどっちを見ても壁である。ときどき、閉じ込められているような錯覚に陥り、息苦しくなることもある。

明日はいつものように武蔵屋に行って仕事をしなければならない。早く横になって体を休めたほうがいいのはわかっているが、睡魔はなかなか訪れない。

壁に映る自分の影を見ていると、その日突然訪ねてきた船宿鈴木屋の与一郎のことを思い出した。

「久しく顔を合わせていないので、元気でいるかなと思って来たんだ。藍玉問屋に勤めているらしいな」

与一郎は居間の上がり口に座るなり、そう言っておゆうを見てきた。姉が死ぬ前はときどき茶菓子を持って訪ねてきては、世間話をしていった。おゆうは口数が少ないので、いつも姉と与一郎が楽しげに語らうのを横で聞いていた。

「はい」

「仕事はきついんじゃないか。女中仕事なんだろう」

「……そうです。でも、楽な仕事はないと思いますから……」

「おもんがいなくなって淋しくなったな」

おゆうはうつむいて自分の膝許を眺めた。しばらく沈黙があった。与一郎は間が持てないのか、狭い家のなかに視線をめぐらしてから口を開いた。

「何か困ったことはないかい？　ああいうことがあって、おれは少し腹を立てていたんだ」

おゆうは顔をあげて与一郎を眺めた。

(腹を立てていた)

という言葉が意外だったのだ。与一郎は細面《ほそおもて》で色が白かった。世間でいうやさ男だ。船宿鈴木屋を継ぐ跡取りで、船頭たちの差配もしている。おもんが与一郎さんは気性のいい人よと、よく言っていたとおり、そんな男だった。

「あのとき、おれへの当てつけかと思ったんだ。そりゃそうだろう、うちの船宿の近くで死んだんだからな。それも、おれが知らない弥助という男と……」

与一郎は悔しそうに唇を噛んだ。

「弥助さんは姉さんのお得意さんだったんです」

おゆうは姉を庇うためにそう言った。

「ただそれだけだったのかい」

与一郎が探るような目を向けてきた。この人は姉と弥助の仲を疑っているのだと思った。

「姉さんは若旦那といっしょになるのを楽しみにしていました。ほんとうです」

「それが紫屋の跡取りとできていた。そうではなかったのか」

「違います。弥助さんは、たしかに用もないのに遊びに来ていましたが、姉さんは話を合わせているだけでした」

「……ほんとうかい」

「嘘ではありません」

与一郎はふっと息を吐き、肩を動かした。それからおゆうをあらためて見直し、

「それを聞いて、少しは気が楽になった。正直言うと、裏切られたと思っていたんだ」

と、言葉を足した。

「姉さんは決して若旦那を裏切ってはいません。これだけははっきり言えます。弥

助さんのことは何とも思っていなかったんです」

「……すると、憎きは紫屋の弥助ってことか……」

「わたしも憎いです。でも、もう……」

どうすることもできないという言葉を呑み込んだ。

また短い沈黙があった。表では蜩がさかんに鳴いていた。

「おゆう、遅くなっちまったが、これは気持ちばかりだ。いまとなっちゃ何もしてやれないが、せめてもの弔いだ。野辺《のべ》送りにも行っていないしな」

与一郎は懐から出した紙包みを差しだした。香典だった。

「こんな……」

返そうと思ったが、すぐにその手を止められた。

「おれもあれこれ悩んだんだ。だけど、気持ちが収まらない。黙って取っておいてくれ」

真摯《しんし》な目で見られると、断れなくなった。おゆうは頭を下げて受け取った。

「おまえを知らないわけではない。何か困ったことがあったら遠慮なく、おれを訪ねてきてくれ。少しは役に立てるはずだ」

「ありがとうございます」

与一郎はそのまま帰りかけたが、ふと何かを思い出したように振り返った。

「まだ絵は描いているのか？」

「……あ、はい」

与一郎はおゆうが花の絵を描いているのを知っていた。いつも眺めては感心され、褒められるとおゆうは嬉しくなって照れていた。

「一枚、もらえないか」

「ええ」

おゆうは居間の隅に重ねていた絵を数枚選んで与一郎にわたした。


ジジッと行灯の芯が鳴ってからおゆうは我に返った。

与一郎の顔を思い出しながら、生前におもんが言っていた言葉を思い出した。

——与一郎さんは、いい人よ。おゆうもそのこと、わかっておくれ。

そう言われたことは何度かある。それは姉が、自分を気遣って安心させようとしているのだとわかっていた。

そして、おゆうも与一郎という人は悪い人ではない、姉さんにお似合いの人だと思っていた。思いもよらぬ姉の死から疎遠《そえん》になっていたが、与一郎が来てくれたことで少し気が晴れた。

(やっぱり、あの人は悪い人ではなかった)

もらった香典は小さな仏壇に供えたままだ。おゆうはそれを見て、

「ありがとうございます」

と、声に出してつぶやき手を合わせた。

そのときだった。腰高障子がたたかれ、男の声がした。

「夜分にすまねえ。そこの先の金吾だ。まだ起きているかい?」

風呂焚きの金吾だった。同じ長屋の住人だ。おゆうは短く躊躇《ためら》ったが、立ちあがって戸を開けた。

三

「今日は休みだったな」

「はい」

「何してたんだ？　武蔵屋は忙しそうだったぜ」

「……はあ」

金吾が何をしに来たのかわからない。おゆうは内心で身構えていた。

「これをよ、持ってきたんだ。遠慮なく使ってくれ」

金吾は手に提げていた薪束を差しだした。おゆうは思わず受け取って下がった。

「おれは風呂焚きだから好きなだけ手に入るんだ。入り用なときはいつでもいいから遠慮なく言いな」

金吾はそう言って敷居をまたいできた。それから家のなかに視線を這《は》わせ、上がり框《かまち》に腰を下ろした。

「独り住まいだというのはわかっていたが、小ぎれいにしているんだな。やっぱ女は違うな。おれのとこなんか厠のそばだから臭《にお》いがたまらねえんだ。ま、それにも慣れちまったが、やっぱ臭いのしねえところがいいな。臭《くさ》いからその分店賃も安いから我慢してんだ。聞いたんだけどよ……」

金吾はそう言って、おゆうをまっすぐ見てきた。見られるのがいやだから、視線を外してもらった薪束を竈《かまど》のそばに置いた。

「おめえの姉さん、無理心中されたんだってな。死にたくねえのに殺されたようなもんだ。可哀想に……」

おゆうはうつむいた。早く帰ってもらいたい。

「おっ、悪気があって言ってんじゃねえぜ。ちょいとそんなことを聞いたからよ。気にしてんだったらごめんよ」

おゆうは黙ったまま首を横に振った。

「親はいねえのか？」

「いません」

「それじゃ天涯孤独の身になったってわけか。すると似たようなもんだな。おれは武蔵行田のほうの生まれなんだ。百姓の倅《せがれ》だが、弟に親の土地と家を譲って江戸に出てきたが、うまくいかなくてな。それで実家に戻ったら、家を継いだ弟に追い出されちまった」

金吾は苦笑いをして汚れている股引《ももひき》をさすった。

「どうして追い出されたんです？」

　おゆうは居間の上がり口に腰を下ろした。金吾が訪ねてきた意図がわからない。単に薪束を持ってきてくれただけなのか、それとも何か下心があるのか……。

「甲斐性《かいしょう》がないからだよ。まあ、未練なんざねえからいいが、世間をわたるのは楽じゃねえ。てめえの思いどおりにはなかなかいかねえ。おれの親は百姓だった。それも小作人だ。弟はそのあとを継いだんだが、食うのがやっとの暮らしだ。それなのに三人もガキを拵《こしら》えやがって、あきれちまうよ。おゆうって言うんだったな。仕事は面白いか？　そう聞くのは野暮《やぼ》か。いやな年増女中がいるからな」

　おゆうは金吾のおしゃべりを黙って聞いているが、早く帰ってほしかった。どうしたら帰ってくれるだろうかと、そのことばかり考えていた。

「死んだ姉さんは腕のいい御物師だったたって聞いたが、なんでおめえは継がないんだ？　姉さんの手伝いをしていたんだろう」

「わたしは下手だから針仕事に向かないんです」

「下手でも手伝っていた。それに姉さんは、えらい殿様の屋敷に出入りしていたっていうじゃねえか。それも一軒や二軒じゃなかった。稼ぎもよかったんだろう」

「…………」

おゆうは警戒するように金吾を見た。額の狭い丸顔で目が小さかった。

「え、どうなんだい？」

金吾は探るような目を向けてくる。

「……それはわかりません。わたしは手伝いはしてましたけど、そんなことわからないんです」

「すると稼いだ金はどうしたんだ？」

この男は金目あてで来たのではないだろうか。おゆうは後生《ごしょう》大事に行李《こうり》のなかにしまっている金壺が気になった。話しながら家のなかにめぐらせる金吾の視線も気になる。

「わかりません。弥助さんに取られたのかもしれません」

とっさにそんなことが口をついて出た。

「弥助って、おめえの姉さんと無理矢理死んだ菓子屋の跡取りか」

おゆうは曖昧《あいまい》に首をかしげる。

「それだったら菓子屋に乗り込んで話をすりゃいいんだ。姉さんの金を返してくれって」

「でも、わからないことですから。それに、姉さんはまわりの人が言うほど稼いでいなかったと思います」

「……そうなんだ」

金吾はあてが外れたのか、少しがっかりした顔をした。

「あの……」

「なんだい？」

金吾がまっすぐ見てきた。

「明日は早いので、そろそろ寝なければならないんです」

やっと言えた。

「おお、そうだ。おれも早いんだ。勝手なことくっちゃべって悪かったな」

金吾はそう言って腰をあげた。

「いえ、薪をありがとうございます」

「礼なんざいいよ。いるときがあったらいくらでも持ってきてやるからよ。それじゃ、またた」

金吾はそう言って出て行こうとしたが、すぐに振り返った。

「また、遊びに来ていいか。この長屋にゃ話し相手がいないんだ」

「ええ」

おゆうは断れないので小さくうなずいた。

「それじゃお休み。またな」

金吾が帰っていくと、おゆうはほっと息をついて、戸を閉めた。

四

北辰一刀流・千葉周作の道場、玄武館はお玉ヶ池にあった。隣には東条《とうじよう》一堂《いちどう》という学者が開いている瑶地《ようち》塾なるものがあった。儒学と詩文を教えるところらしい。

だが、伝次郎の用があるのは玄武館のほうである。名声の高い千葉周作の道場とあって、玄関は破風《はふ》造りであった。道場は八間《けん》（約一四・五メートル）四方あり、門弟らが気合いを発しながら稽古に汗を流していた。

伝次郎はその稽古ぶりを眺めていた。用件はすでに伝えてあり、取次ぎの者が母屋に伺《うかが》いを立てに行っているところだった。

玄武館は面・籠手《こて》・胴の道具（防具）をつけて稽古をしている。手にしているのは竹刀《しない》である。

素振りをする者もいれば、黙々と型稽古をしている者もいるし、掛かり稽古をしている者もいた。

しばらくして取次ぎに行った門弟が戻ってきて、母屋《おもや》に案内された。

玄関を入った右の座敷であった。道場主の千葉周作が控えており、伝次郎を見て頭を下げた。

「うちの門弟だった者のことをお訊ねになりたいそうですが、もしや加瀬彦三郎と篠原助右衛門のことではござりませんか」

周作は聞かれる先に口を開いた。四十半ばの大きな男だった。名のある剣士らしく、落ち着いた物言いで泰然《たいぜん》としている。

「いかにもさようです。南町の本多長十郎なる同心が同じ用で伺っているはずです」

「聞いております。その件でございましたら、じかに指南をしていた者を呼びましょう。そのほうが手っ取り早いはずです」

周作は廊下に控えていた門弟に、粟野甚兵衛《あわのじんべえ》を呼んでくるように言いつけた。粟野が来る間に、周作は加瀬と篠原に直接指導をしたこともなく記憶も薄いと話し、おそらく道場にいた期間が短かったせいだろうと付け足した。

「それでも免許持ちだと聞いております」

「であれば中目録《もくろく》免許でしょう。当道場は技量の仕分けを簡略にしております。伝位は、初目録・中目録免許・大目録皆伝《かいでん》の三つのみです」

伝次郎は一刀流を身につけている。流派によっても伝位の段階は異なるが、一刀流には「小太刀」「刃引」「払捨刀《ほしやとう》」「目録」「カナ字」「取立免状」「本目録皆伝」「指南免状」の八つがある。伝次郎はもちろん、指南免状である。

「すると、加瀬と篠原は大目録皆伝にはならなかったということですね」

「いかにもさようです」

それからすぐに粟野甚兵衛という高弟があらわれた。

「南町の沢村様だ、件《くだん》の加瀬と篠原のことでお訊ねになりたいことがおありだ」

粟野は下座に腰を下ろすと、伝次郎に顔を向けて、

「そのことでしたら、すでに同心の本多様に話してありますが……」

「聞いております」

伝次郎はそう応じてから、本多長十郎が怪我をして休んでいることを手短に説明し、

「面倒は承知で、もう一度話を伺いたいのです」

と、言葉をついだ。

「わたしの存じているかぎりのことでよろしいのですね」

「お願いします」

粟野は加瀬と篠原のことをわかりやすく話してくれた。

加瀬と篠原は同時期に入門していた。入門は約二年前で、仕官《しかん》を希望していた。だが、中目録免許をもらったところで道場を去り、その後のことはわからないと話した。

「道場にいたのは一年と少しですね。道場にいた頃、二人と親しかった門弟はいませんか。よく話をしていたとか、例えば酒を飲みに行っていたような者は……」

粟野は少し間を置いて考え、

「わたしの知るかぎりではいませんが、その頃いた者が稽古をしています。しばら

くお待ちいただければ聞いてまいります」

お願いすると答えると、粟野はすぐに席を立った。その粟野が戻ってくる間、伝次郎は周作と他愛もない世間話をした。周作は驕《おご》ったところのない人物で、磊落《らいらく》な人柄のようだ。いずれ子供に道場を継がせ、自分は仕官の予定だと話をした。仕官先は水戸《みと》家になりそうだとも言った。

そんな話をしているところに粟野が戻ってきた。

「わかりました」

粟野はそう言って言葉をついだ。

「加瀬と篠原とたまに酒を飲んでいた門弟がいます。玉野源蔵《たまのげんぞう》という浪人です」

伝次郎はキラッと目を光らせた。長十郎から聞いていない男がわかった。

「その玉野の居所はわかりますか？」

「もう道場には通ってきていませんが、金沢町《かなざわちょう》一丁目にある清八店《せいはち》という長屋が住まいのようです」

「神田の金沢町ですね」

「さようです」

明神下《みょうじんした》の通りにある町屋だ。伝次郎は他に加瀬と篠原を知る者がいないかと問うたが、粟野は他にはいないが、一応聞いておくと協力的なことを言った。

玄武館を出ると、すぐに与茂七が駆け寄ってきた。

「どうでした？」

「加瀬と篠原とつき合いのあったらしい門弟のことがわかった。玉野源蔵という浪人だ」

「手掛かりになりそうですか？」

「それはこれからのことだ。粂吉はまだ来ないか」

伝次郎は一度立ち止まって通りの遠くに視線を投げた。

「まだ聞き込みをしているんでしょう」

粂吉には篠原助右衛門が住んでいた長屋の聞き込みをやらせていた。その長屋には加瀬も居候していた。当然、長十郎も調べはすましているが、新たなことがわかるかもしれない。あらためての聞き込みで、そんなことがたまにある。

「粂吉の様子を見に行くか。玉野源蔵に会うのはそのあとでいいだろう」

伝次郎は歩を進めた。

「さっき、道場の稽古を見ていましたけど、わくわくしました。おれも道場通いをしたくなりましたよ」

与茂七が隣に並んで言う。

「いいことだ。だが、その前におれの助をするのだ」

「へヘッ。そっちもおれはやりたいんです」

与茂七は白い歯をこぼして目を輝かせる。

「欲張りなやつだ」

「欲張りですかねえ」

「とにかく粂吉に会おう」

伝次郎は足を速めた。

五

小半刻《こはんとき》（三十分）後、粂吉と合流した伝次郎と与茂七は、玉野源蔵の長屋にいた。源蔵当人は留守だったので、住人に聞き込みをかけてみた。

だが、加瀬と篠原の人相書を見せても、二人がこの長屋に出入りしたことはなかったようだ。

「少し休もう」

ひととおりの聞き込みを終えた伝次郎は、源蔵の長屋の木戸口を見張れる茶屋に粂吉と与茂七を誘った。

粂吉は篠原が住んでいた長屋の聞き込みをやっていたが、新たにわかったことはなかった。また、居候をしていた加瀬以外の人物の出入りもなかったらしい。

「それにしても、なぜ座頭殺しなんかをやったんでしょう」

粂吉が茶をすすりながらつぶやく。

「なぜかな……」

伝次郎は高く晴れわたった空を眺める。鳶《とび》がゆっくり舞っていた。

座頭の小市のことも調べなければならないと、そのときに思った。小市と、加瀬と篠原の間に何があったのだろうか？　三人は以前からの知り合いだったのか、それもわかっていない。

仕官できない食えない二人の浪人と座頭……。金目当てに小市を殺したというのは考えにくい。行き会ったときに些細《ささい》なことで揉めて、小市斬殺につながったという推量はあまりにも短絡《たんらく》過ぎる。

大きな喧嘩騒ぎを起こしているわけでもない。もし、騒ぎになっていれば、小市が殺される前に、近所の者や通りがかった者が何か知っているはずなのだが、それもないのだ。

小市が殺されたのは、昼下がりの神田和泉橋の袂。その刻限には人の通りが多い。神田川を上り下りする舟もある。それなのに揉み合ったり啀《いが》み合う声を聞いた者はいない。

白昼の殺しは、近くにいた者たちが気づかないほど、あっという間に行われている。

「玉野源蔵に会って話を聞いたら、つぎは小市のことを探る」

伝次郎は飲み終わった湯呑みを床几《しょうぎ》に置いた。

「小市の長屋と篠原助右衛門が住んでいた住まいは近いですね」

粂吉が神妙な顔で言う。

小市は相生町、篠原の長屋は神田九軒町代地だった。両町の間に神田川が流れているが、遠い距離ではない。

「玉野源蔵という人は浪人なんですか？」

与茂七がぽつりと疑問を口にした。

「そのようだ。どういう暮らしをしているか知らぬが、あの長屋に住んでいることから考えれば、決して暮らしは楽ではないだろう」

「生計《たつき》はどうしてんでしょう？」

伝次郎は直接会って聞くしかないと与茂七に応じた。

源蔵らしき男が長屋の木戸を入ったのは、それから小半刻後のことだった。棒縞《ぼうじま》の着流しに大小という身なりはいかにも浪人のようだった。

伝次郎は、おそらくあれが玉野源蔵だろうと思い、床几から立ちあがった。粂吉と与茂七があとについてくる。

最前、源蔵の家の戸は閉められていたが、伝次郎たちが路地を入ると、その家の戸は開け放されていた。

「邪魔をいたす」

戸口前に立った伝次郎が声をかけると、居間に座って煙草盆《たばこぼん》を引き寄せていた男が、怪訝《けげん》そうな顔を向けてきた。

「玉野源蔵殿であるな」

「いかにもさようだが、何用でござろうか……」

源蔵は煙管を持ったまま伝次郎とその背後にいる粂吉と与茂七をちらりと見た。臆した様子はない。肩幅の広いがっしりした体に、脂《あぶら》ぎった顔をしていた。年は三十前後であろうか。

「南町の沢村と申す。座頭殺しの一件を調べているのだが、玄武館にいた加瀬彦三郎と篠原助右衛門を知っているな？」

「……同じ道場にいましたから知っていますが……」

「いまどこにいるか知らないだろうか？」

「すると、加瀬と篠原が座頭を殺したということでございまするか」

源蔵は眉を大きく動かした。どうやら事件のことを知らなかったようだ。

「いかにも。何か知っていること、あるいは二人を追う手掛かりを知っているなら教えてもらいたい。どんな小さなことでもかまわぬ」

源蔵はしばらく考えをめぐらすように、視線を宙の一点に止めた。

「道場に通っているときに、何度か酒を酌み交わしたと聞いているのだが……」

伝次郎が言葉を重ねると、源蔵は視線を戻してきた。

「酒を飲んだことは何度かありますが、あの二人が殺しをするとは思いもよらぬことです。拙者《せつしや》と同じく仕官の口を探していましたが、このご時世、なかなか思いどおりにはなりませぬ。いつも互いに愚痴をこぼしての傷の嘗《な》め合いだったので、つまらなくなり疎遠《そえん》になりました。しかし……」

源蔵が言葉を切ったので、伝次郎は眉宇をひそめてつぎの言葉を待った。

「あの二人から、仕官できぬなら金になることをやるしかない。法を破らずともぎりぎりのことをやれば、金になる。そういう輩《やから》はどこにでもいる。何かよい知恵があればやろうではないかと、持ちかけられたことがあります。拙者は一笑《いつしよう》に付し、相手にしませんでしたが、あの二人は真剣でした」

「何かそのことで示し合わせたようなことは……」

「いまも申したとおり、拙者は関わりを避けましたのでわかりませぬ」

「その二人が付きあっていた者のことを知らぬだろうか？」

「さあ、聞いたことがありません。あの二人は拙者と同じ御家人《ごけにん》の倅で、生まれは本所《ほんじょ》だと聞いています。もっとも、親は他界してるようですが……」

「本所のどこで生まれたのだろうか？」

「北割下水《きたわりげすい》の近くだと、さようなことを聞いたような気がします」

伝次郎は北割下水のあたりを脳裏に浮かべた、あのあたりには御家人や貧乏旗本《はたもと》の家が多い。仕官できずに浪人になっている者も少なくない。

その後もいくつかのことを問いかけたが、源蔵の口からこれといったことを聞き出すことはできなかった。

「余計なことだが、さっきまでどこへ出かけていたのだ」

この問いに、源蔵の頬が少しゆるんだ。

「じつは仕官が決まったのです。その知らせを受けて帰ってきたのです。久保田《くぼた》藩佐竹《さたけ》家の剣術指南役をやることになりました」

「ほう、それはまことにめでたい」

「ようやく肩の荷が下りたところです」

源蔵は嬉しそうに微笑む。

伝次郎は突然の訪問を詫び、そのまま長屋を出た。

「あの浪人はまっとうな人のようですね」

通りに出たところで与茂七が言った。

「そのようだ。しかし、加瀬と篠原が本所北割下水の生まれとわかったからには、そっちもあたらなければならぬな」

伝次郎は顎《あご》をさすりながらつぶやく。

「これから行きますか」

「その前に小市が住んでいた長屋をあたろう」

伝次郎はそのまま足を進めた。

六

竈の前に座って薪をくべるのは悪くない。金吾は千変万化《せんぺんばんか》する炎をじっと眺めるのが好きだ。一時も同じ形に留まることなくゆらゆらと揺れる炎は青白く、そして赤い。

風呂焚きを好んでやっているのではない。実家に帰ったが、弟に追い出される恰《かっ》好《こう》で江戸に舞い戻ってきた。それには少しの勇気がいった。

実家の近くで行商人を襲い、財布を巻きあげたまではよかったが、運悪く八州廻りの手先をやっている以作に見つけられ危うくお縄になるところだった。だが、うまく逃げた。

（あいつ生きているだろうか……）

ときどき、そんなことを思うが、死んでいたとしてもおれのせいではないと、金吾は自分に言い聞かせていた。

それより怖いのが火盗改《かとうあらため》の手が自分に及ぶのではないかということだった。上野の商家に押し入ろうとしたとき、金吾は火盗改に気づき、うまく逃げおおせた。だが、鎌鼬の円蔵たちがどうなったのか、その後のことはわからない。

捕まっていれば、自分も仲間だったと知れているのではないかという不安があった。江戸に戻って、人目につかない風呂焚きになって、ほとぼりの冷めるのをじっと待っているが、円蔵のことが気になり、居候させてもらった長屋を一度訪ねたことがある。

だが、あの長屋には別の男が住んでいた。職人だというのもわかった。つまり、円蔵はあの長屋にはいないのだ。火盗改の手にかかって、牢暮らしをしているのか、あるいはその場で斬られたのか、まったくわからない。

あれからもうすぐ一年が経とうとしている。

おれは盗みに入ったわけではない。円蔵に誘われ、見張りについていただけだ。

円蔵はともかく、他の仲間はおれのことをよく知らない。

火盗改にもおれのことは話していないのではないかと、気休めに思ったりもする。

だが、ここは用心しておくにかぎる。

(もう少しだ。もう少し、風呂焚き仕事をつづけよう)

堪《こら》え性《しょう》のない金吾だが、ようやく辛抱ということを覚えてきた。

炎を見ながらそんなことを考える頭の隅に、おゆうの顔が浮かぶ。臆病な小兎《こうさぎ》のような女だ。武蔵屋の年増女中にいびられ、冷たい扱いをされている。それでも逃げずに辛そうな女中仕事をつづけている。

可哀想な女だ。どこにでもああいう手合いがいるんだなと、他人事《ひとごと》として見ていたが、そうはいかなくなった。

湯屋にはいろんな人間が来る。そして、客はあることないことをしゃべり合う。

声は狭い風呂場の天井や壁にあたって響き、思いの外表《ほか》にこぼれてくる。

――ほら、鎧の渡しで無理心中した御物師がいるだろう。

――知ってるよ。可哀想なことだ。連れて行ったのは菓子屋の跡取りだったというじゃねえか。親父は御物師にうつつを抜かしているその倅に、いい加減にあきらめろと言っていたらしいよ。

――そんなこたァどうでもいいんだ。その御物師は相当稼ぎがあったらしいんだよ。どこぞの大名家のお殿様やお姫様の着物を仕立てたり、大身《たいしん》旗本の屋敷にも出入りしていたんだ。

――ほんとうかい。そりゃあ、いい稼ぎになっただろうな。

――おめえの頭の悪さは相変わらずだな。

――てやんでェ。頭の悪さじゃ、おめえとどっこいどっこいじゃねえか。

――おれが言いてェのは、その御物師に妹がいたってことだ。

――いたって不思議じゃねえだろう。

――まったく鈍い野郎だねえ、おめえは。いいか、姉の御物師は稼ぎがよかった。だけどよ、菓子屋の倅と死ぬことになっちまった。残ったのは妹だが、他にも残ったものがあるってことだ。

——何が残ってんだ？　着物か……。

——馬鹿。そりゃ着物もあるだろうが、それまでの稼ぎがたんまり残っているってことだ。

——いくらぐらい残してんだ？

——そんなこと、おれに聞いたってわかるか。まあ、そういう噂があるんだが、その妹は女中仕事をやっているらしいんだ。

——それじゃ、姉さんは金を残していなかったってことかい。

パチッと竈のなかの薪が爆《は》ぜたので、金吾は現実に引き戻された。

だが、湯屋客の話が頭にこびりついて離れない。

（おゆうは金を持っている）

金吾はそうにらんでいた。盗みなど二度としないと誓っていたが、湯屋客の話を聞いてからというもの、邪《よこしま》な考えが胸のうちでふくらみつづけている。

しかも、そのおゆうと同じ長屋に住んでいるのだ。昨夜は薪束を土産に持って行って話をした。家のなかに金目の物は見あたらなかったが、どこかに隠しているはずだ。

(いったい、いくら持っているんだ……)

金吾は薪をくべ足しておゆうの臆病そうな憂《うれ》い顔を思い浮かべる。

おゆうは十七だ。おれと夫婦になってもおかしくはない。

(夫婦……)

内心でつぶやいて、ふっと口の端に笑みを浮かべた。

だが夫婦になるとしても、おゆうが自分のことを気に入ってくれなきゃ話にならない。その前に、ほんとうに姉の稼いだ金を持っているかどうか、それを調べるのが先だ。

(どうやって調べりゃいいんだ)

金吾は風呂焚き仕事をしながら思案に耽《ふけ》った。

七

北割下水での聞き込みを終えたのは、日が暮れかかったときだった。

町屋では蜩の声が聞かれたが、それも両国《りょうごく》橋をわたり、広小路を抜ける頃には聞かれなくなった。日も西の空にかすかな残光を残して沈んでいった。

広小路を抜け通油町《とおりあぶらちょう》、通旅籠町《とおりはたごちょう》を過ぎ、大伝馬町《おおてんまちょう》一丁目の角を左に曲がる。それから伊勢町《いせちょう》を抜けて江戸橋をわたったときに、

「飯でも食っていくか」

と、伝次郎が粂吉に声をかけた。

その日の聞き込みで大きな手掛かりを得ることはできなかった。こういう日は疲れを感じるだけである。だからといって落胆するわけではない。探索は地道な作業で、すぐに強力な手掛かりを得ることなど滅多にないのを粂吉は知っている。むろん、伝次郎も知りすぎるぐらい知っている。

「今日はまっすぐ帰ることにします」

粂吉はそう答えた。与茂七が軽く一杯引っかけましょうよと誘ってきたが、

「今日は遠慮しておく。明日もあるからな」

と断り、

「旦那、明日の朝まで疲れを取ることにします」

と、頭を下げた。

「うむ、それが賢明であろう。では粂吉、また明日だ」

伝次郎は与茂七をうながすと、そのまま自宅屋敷への近道をするために、楓川に架かる海賊橋《かいぞく》をわたっていった。

粂吉はしばらく見送ってから家路についた。時《とき》の鐘《かね》が六つ（午後六時）を知らせたのは、それからすぐのことだった。

暮れなずんでいた町屋に夜の帳《とばり》が下りると、河岸道沿いにある居酒屋や料理屋の行灯がぼんやり浮かび、通りに縞目《しまめ》を作り、人の姿が黒い影となって行き交う。しかし、それも昼間ほどの数ではない。

本材木町四丁目まで来たとき、粂吉はときどき世話になっている一膳飯屋の暖簾をくぐって入った。

「お疲れでございましたね。今日はなんにしましょうか？」

腰の曲がったおかみが茶を置いて聞く。条吉はこれといって特徴のない凡庸《ぼんよう》な顔をしているせいか、顔を覚えられにくい。ここのおかみが顔を覚えてくれたのも、つい最近のことだった。

「魚を焼いてくれないか。それから飯と味噌汁がありゃ何でもいい」

「たまには真蛸《まだこ》の刺身なんてどうです。いいのが入ってんです」

「それでいい」

刺身と聞いて酒をつけてもらおうかと迷ったが、注文する前におかみは板場に下がってしまった。酒なしでもいいやと、内心でつぶやく。

櫺子格子《れんじごうし》から夜風が流れてくる。提灯を持って歩いている者もいれば、星あかりを頼りに歩いている者もいる。

(旦那についてよかった)

いまさらだが、沢村伝次郎という人間に条吉は心底惚れ込んでいた。仕事もしやすいし、人使いもうまいし、気配りもしてくれる。

(あんな人は滅多にいるもんじゃねえな)

今日は座頭殺しの下手人を追うための聞き込みをしたが、成果はなかった。その聞き込みもほとんどが、先にこの一件を担当していた同心・本多長十郎が調べたことの繰り返しみたいなものだった。

だが、伝次郎は焦りも感じさせず、地道なはたらきをしている。そのことが粂吉にはよくわかっているし、黙ってついていこうとあらためて思うのだった。

おかみが飯を運んできた。真蛸は刺身でなくぶつ切りにしてあり、いかにもうまそうである。飯のおかずにするにはもったいないが、醬油と山葵《わさび》をちょいとつけて口に運ぶとなんとも言えぬうまさがある。粂吉は丼飯をかき込み、味噌汁をすすり、歯応えがあり旨みのある真蛸に満足した。

それは、勘定をして飯屋を出てすぐのことだった。

武蔵屋の勝手口のある路地から出てきた女がいたのだ。悄《しょ》げているようにも泣いているようにも見えた。

（おゆう……）

無理心中で殺された御物師・おもんの妹だと気づいた。

何か店で辛いことでもあったのだろうかと、前を歩く華奢な体をしているおゆうのあとを尾《つ》けるように歩いた。

提灯を持っていないのは、家が近いからだろう。案《あん》の定《じょう》、おゆうは本材木町五丁目の外れで右に折れ、正木町に入った。それからすぐに長屋の路地に入って姿を消した。

(そこに住んでいたのか……)

木戸口まで行くと、おゆうが自分の家に入って戸を閉めたところだった。

条吉は木戸口のそばにある掛札を眺めた。暗いが星あかりで何とか読むことができた。新規の住人らしく、おゆうの名札はまだ字が濃くてはっきりしていた。

それにしても、あんなに悄げたように歩いている姿は、傍目《はため》にも気の毒に思えた。店で何かあったのだろうと察しはつくが、訪ねて行ってそのことを聞くのは野暮《やぼ》なことだ。

店勤めすればいろんなことがある。それが世間の常識でもあるからと、条吉が帰りかけたときに奥の路地にひとりの男があらわれ、そのままおゆうの家の前で立ち止まって声をかけた。

「帰ったんだろう。金吾だよ」

男はそう言って戸を遠慮がちにたたいた。

すぐに戸が開けられ、

「何のご用でしょう？」

と、おゆうの迷惑そうな声が聞こえた。

「ご愛想だな。何だ、べそなんか掻《か》いて。店で何かあったのか？」

「ありません。ご用がなければ帰ってください」

「おいおい、いってェどうしたってんだ。ま、いいや、ちょいと大事な話があるんだ」

男は半ば強引におゆうの家に入った。

粂吉は眉宇《びう》をひそめ、妙な胸騒ぎを覚えたが、いらぬお節介《せっかい》をすることもないだろうと、そのままおゆうの長屋を離れた。

空に浮かんでいる半月が、群雲《むらくも》に呑み込まれ、路地に濃い闇を作った。

第三章　おゆき

一

「きっと、いやなことがあったんだな。また年増の女中にいじめられでもしたか」

金吾は微苦笑を浮かべて、やさしげな言葉をかけてきた。

「……それで、大事なお話って……」

おゆうは小さな声で応じた。

「これをもらったんだ。おれはあまり甘いもんは好まねえが、いっしょに食わないか」

金吾は勝手に上がり口に腰を下ろして、手に持っていた包みを開いた。

饅頭《まんじゆう》だった。

おゆうは息を呑んだ。今日、女中頭のおさきに饅頭のことで叱られたばかりだ。

仕事が一段落した八《や》つ刻《どき》に一服しようと、女中たちが台所に集まって茶を飲んだ。そのときお徳《とく》という年増女中が、おかみさんからの差し入れだと言って饅頭を配った。

おゆうは菓子や饅頭が好物だ。すぐにでも手を伸ばしたかったが、そこは遠慮して堪えていた。他の女中たちは頬をゆるめて食べたのだが、おゆうは茶だけを飲んで眺めていた。

「あら、あんた饅頭は好きじゃないのかい？　だったら、あたしがいただくよ」

そう言ってさっと手を伸ばして口に入れたのは、おさきだった。おゆうは「あっ」と、内心で声を発し、うまそうに食べるおさきを見た。

すると、おさきはほころばしていた顔を厳しくして、

「なんだい、その目は？　食いたかったのかい？」

と、にらんだ。その口のなかに入った饅頭がくちゃくちゃと音を立てていた。

「食いたかったら、さっさと食べりゃよかったんだ。なんでもあんたはのろまだね。

買い物に行っても帰りが遅い、掃除をすりゃ要領が悪い、洗い物も中途半端だ。ろくに仕事もできないで給金だけもらっていくのは泥棒だよ」

(泥棒……)

ひどいと思った。そんな言葉を投げつけられたのは初めてだった。

「どうしたんだ?」

金吾の声で、おゆうは我に返った。

「いえ、何でもありません」

「饅頭、食べようじゃねえか」

「はい」

おゆうは恐る恐る饅頭をつかんだ。腹が空いていた。饅頭をかじった。やわらかくて甘い餡《あん》が口のなかに広がると、なぜか涙が溢《あふ》れた。

「おいおい、どうしたんだ。泣きたいほどうまいのかい」

金吾は笑いながら言って、ほら拭きなよと自分の手拭いを差しだし、ついでにおゆうの涙をそっと拭いた。

ほんの些細なことだったけれど、おゆうはそのことで、この人は悪い人ではないと思った。図々しくてこすからい顔をしているが、根はやさしいのかもしれない。

「おさきさんという女中頭がいるんです。その人がわたしに辛くあたるんです」

気を許したせいか、そんな言葉が口をついた。

「あの糞婆《くそばば》ァか。見るからにいけ好かねえ面してるもんな」

おゆうはくすっと笑った。あからさまにおさきの悪口を言った金吾の言葉が、妙に気持ちよかったのだ。この人は味方だと思いもした。

「それでまた意地の悪いことされたのか？」

「夕餉に……ひどいことされたんです」

「どんなことを」

金吾は真顔を向けてくる。

おゆうは正直に打ち明けた。それは夕餉の席でのことだった。主家族と奉公人たちの夕餉が終わると、女中たちはやっと食事にありつける。

そのほとんどは残り物だが、さっさと食べて片付けをして帰らなければならない。

おゆうは食事を出してもらったが、例によっておさきが口を出してきた。

「片付けがあるから早く食うんだよ。そうだ、あんたにはこれが丁度いい」

そう言うなり、おゆうの飯碗に味噌汁をぶっかけたのだ。そのあとで、

「こうすりゃ早く食えるから、とっととすましな。何をしても、あんたはグズグズしてるから」

と、言って、自分はガツガツと夕餉を食べた。

おゆうは飯碗を見て、わたしは猫ではないと思った。だから、そのまま手をつけなかった。するとまた、怒られた。

「グズグズしてないで早く食いな。食いたくないんだったら片付けるからね。みんな早く家に帰りたいんだ。まったく手のかかる子だね」

言われたおゆうは、腹の具合がよくないので今夜はいらないと言った。まったく食欲をなくしていた。キッとおさきの目が吊りあがった。

「あんた、大事な米を無駄にするのかい？　お百姓さんが汗水流して作った米だよ。ありがたくいただくのが筋だろう。それに飯を食べさせてもらえるのも、旦那さんたちのはたらきがあるからなんだよ」

おゆうは頭を下げて、すみませんと謝るしかなかった。

「それじゃ晩飯抜きだったのか……ひでえことしやがるな」

黙っておゆうの話を聞いていた金吾がそう言った。

「おれのもやればよかったな」

おゆうは首を振って、もうこれで満足だと食べかけの饅頭を見た。

「うまいかい？」

おゆうはこくりとうなずいた。

「しかし、おめえもあれだな。そんないやな女中のいる店なんかやめちまえばいいんだ。仕事なんて、いくらでもあるだろう。おめえはまだ若いんだ。たしか十七だったよな」

おゆうはまたうなずいた。

「この辺にゃ店がごまんとある。おめえを雇ってくれる店には事欠かねえはずだ。やめちまえ、やめちまえ。好んでいやな思いをすることたァねえだろう」

おゆうはそうしようと思った。武蔵屋の仕事をやめても、食うに困ることはない。金吾が言うように、いやな思いをすることもないだろうし、仕事先はいくらでもあるはずだ。

「そうですね」

おゆうは饅頭を食べ終えたが、そのときハッと気づき、

「すみません。いま茶を淹《い》れますから」

と、立ちあがった。

「いいよ、いいよ。気を遣うこたァねえよ」

「でも……」

「いいんだ。女の独り暮らし、それも、若い娘の家におれみてェな野郎が長居をすりゃ白い目で見られるかもしれねえ」

金吾も立ちあがった。

「あの、大事な話があるとおっしゃいましたね」

「今夜はよしとくよ。いつでもできることだ。だけどよ、また遊びに来ていいかい」

「はい」

おゆうはうなずきながら答えた。

二

伝次郎は粂吉と与茂七を猪牙舟《ちょきぶね》に乗せると舫《もや》いをほどき、棹《さお》先で岸壁をついと押した。舟はすうっと水面を滑り、亀島《かめじま》橋を離れた。

川は秋の日射しを受けてきらきらと輝いている。

「旦那、どこへ行くんで……」

与茂七が舟を操る伝次郎に声をかけてくる。

「小市のことをもう少し探りたいのだ」

伝次郎はそう応じて、前方にある霊岸《れいがん》橋に視線を向けた。

北割下水での聞き込みで得るものはなかった。問題は小市と、その小市を殺した加瀬と篠原の関係である。小市が住んでいた長屋にも昨日は聞き込みをかけたが、両者の関係はわからずじまいであった。

加瀬が居候していた篠原の長屋に、小市が訪ねてきたことはなかった。また小市の長屋に加瀬や篠原が来た節《ふし》もなかった。

（三人はどこかでつながっていなければならない）

伝次郎がそう思うのは、ただの行きずりの殺しだとは思えないからだ。凶行は日中の人目のあるときに起きている。

小市が加瀬と篠原の恨みを買っていた。あるいは、小市が人に知られてはならない加瀬と篠原の弱みをにぎっていたと考えることもできるが、あくまでも推量でしかない。

「それで、どこへ行くんです？」

大川《おおかわ》に出たところで、また与茂七が声をかけてきた。

「今戸《いまど》だ」

伝次郎が短く答えると、粂吉が小市の仲間が多く住んでいるのが今戸だからだと与茂七に教えた。

「何でいまになって今戸なんです？」

「座頭の頭がいる。小市もそこの出かもしれない」

伝次郎は棹《さお》から櫓《ろ》に替えて猪牙舟を漕ぎつづけている。粂吉と与茂七はその間に好きなことをしゃべっていた。

ギッシギッシと櫓が軋《きし》む。大川端《おおかわばた》の土手には赤い彼岸花《ひがんばな》や紫色の水引《みずひき》が生えている。ところどころに萩《はぎ》の木があり花を咲かせていた。

それだけで、夏が遠ざかり秋が来たのだと気づかされる。

猪牙舟は流れに逆らいながらひたすら上流を目指しつづける。猪牙舟にしたのは、歩くより早いからである。昨日は神田から本所へ行って調べをしたが、舟ならもっと時間を稼ぐことができた。もっとも隅田川《すみだがわ》を遡《さかのぼ》るのは骨が折れるが、一旦上流へ行けばあとが楽だ。

山谷《さんや》堀に猪牙舟を乗り入れ、今戸橋のそばで三人は陸《おか》に上がった。

伝次郎は歩きながらいろんなことを推量していた。もっとも気になるのが、小市と二人の浪人との関わりである。

小市の長屋の住人で、小市の悪口をいう者はいなかった。おしなべて評判はいいほうで、控えめで親切な男だったらしい。目が見えないのに、それを盾にとって同情を買うこともなかったという。

「待っておれ」

伝次郎は本龍寺《ほんりゅうじ》の門前にある小さな一軒家の前で、条吉と与茂七を待たせ、そ

た。

家のなかは薄暗い。薄闇と言ってもいい。その薄闇のなかから黒い影があらわれ
伝次郎は返事も聞かずに戸を引き開けて土間に入った。

「南町の沢村と申す。辰乃一《たつのいち》殿に用があってまいった。邪魔をする」

の家の戸口まで行って声をかけた。


「沢村様、ずいぶんお久しゅうございます」

足音も立てずに土間先にあらわれたのが、辰乃一だった。座頭には「当道座《とうどうざ》」と
呼ばれる盲人仲間の組織がある。その総本部は京にあり「職屋敷」と呼ばれ、江戸
には「惣録《そうろく》屋敷」と呼ばれる役所が本所一《ひと》ツ目《つめ》にある。惣録屋敷の長《おさ》は「惣検校《けんぎょう》」

と呼ばれる高位の者である。

辰乃一は惣録屋敷の配下の者で高利貸を営んでいる。

「達者そうであるな」

薄闇に慣れると、辰乃一の顔がぼんやりと見えた。

「沢村様もお変わりなさそうで、何よりです。ささ、おあがりください」

伝次郎は座敷で辰乃一と向かい合って座った。

「何かあったんでございますね。あ、その前に茶を……」

おかまいなくと断ったが、辰乃一はさっさと立ちあがり台所のほうに消えた。まるで目が見えるような身のこなしだ。

辰乃一との付き合いは古い。伝次郎が定町廻り同心になりたての頃、ある殺しの調べで座頭の絡《から》んでいることがわかった。そのとき、情報を提供してくれたのが辰乃一で、伝次郎は手柄をあげることができた。

また、その一件は辰乃一の〝商売〟のためにもなった。以来、持ちつ持たれつの関係がつづいていたが、伝次郎が町奉行所を去ったのを機に、連絡は途絶えていた。

台所に行った辰乃一が雨戸を開けたので、家のなかが仄《ほの》かにあかるくなった。

辰乃一が茶を運んできた。この家には使用人はいない。なにもかも辰乃一がひとりでやっている。むろん、商売の高利貸の取立屋や番頭の出入りはあるが、それも必要なときだけだ。

「沢村様のことは知っています。御番所にお戻りになったのですね」

「うむ」

詳しい説明をするまでもなく、こういったことはすでに辰乃一の耳に入っているようだ。

伝次郎は短く辰乃一の顔を眺めた。禿頭《とくとう》で眉が濃い。見えない目がときどき痙攣《けいれん》したようにひくつく。木綿の着流しに麻の長羽織をつけていた。五十を過ぎた顔には、深いしわが刻まれている。

「今日はいったい何のご用で……」

「まわりくどい話はなしだ。二月ほど前、神田和泉橋のそばで小市という座頭が殺された。下手人もわかっている」

伝次郎は茶に口をつけてから切り出した。

辰乃一の目がヒクヒクッと動いた。

「下手人は加瀬彦三郎と篠原助右衛門という浪人である。この二人と小市との関わりがまったくわからぬ」

「その二人の浪人を捜していらっしゃるのですね」

「小市という座頭を知っておらぬか？」

辰乃一は短く思案するように沈黙した。茶を口にし、二度「小市」と、つぶやいた。

「小市はどこに住んでいました？」

「神田相生町だ。大家は宇兵衛という」

辰乃一は大きな眉を動かし、

「すると、やつかもしれぬ」

とつぶやき、言葉をついだ。

「沢村様にいい加減なことはお話しできません。わたしのほうで調べてみましょう。少し暇をいただけますか」

「むろん」

「では、明日昼八つ（午後二時）、惣録屋敷前にある竹《たけ》の屋という茶屋でお待ちしています。それまでには小市のことを調べておきます」

「恩に着る」

三

「旦那、つぎはどこへ？」

猪牙舟に戻るなり、与茂七が言って言葉を足した。

「どこに行くか、今朝から何も話してくれないじゃないですか」

「考えがあるんだ。つぎは神田だ」

伝次郎は棹で岸壁を突いて、山谷堀から隅田川に出た。竹屋《たけや》の渡しの舟が対岸の墨堤《ぼくてい》からやってくるところだった。客はひとりだけだが、大きな荷物を積んでいた。

「神田のどこです？」

また与茂七が聞いてくる。

「加瀬と篠原は、小市を殺す前にたぬき庵というそば屋で飲み食いをしていた。本多長十郎がすでに調べを終えているが、もう一度話を聞く。それだけだ」

与茂七はあきれたように首をすくめる。

「まあ、黙ってついていけばいいことよ」

粂吉が諭《さと》すように与茂七に声をかけた。

黙って舟を操る伝次郎は、この調べは厄介だと思った。事件は単純で、下手人もわかっている。下手人である二人の浪人の身許も然《しか》りである。だが、その二人に関わりのある者が誰ひとりわかっていない。玉野源蔵という男がいたが、深い間柄ではなかった。

ただ、気になることはある。玉野源蔵は加瀬と篠原に、

――法を破らずともぎりぎりのことをやれば、金になる。……何かよい知恵があればやろうではないか……。

と、持ちかけられたと語った。

つまり、加瀬と篠原にはすでに企《たくら》みがあったのかもしれない。しかし、それもいまのところは伝次郎の単なる推量でしかない。

猪牙舟は滑るように下った。吾妻《あずま》橋をくぐり抜け、御米蔵《おこめぐら》を横目にあっという間に柳《やなぎ》橋をくぐって神田川に入った。

伝次郎はゆっくり和泉橋の近くに猪牙舟を留めると、河岸道にあがった。

「与茂七、おまえは小市が殺されたときのことを、この近くで聞き込んでくれ。粂吉、ついてまいれ」

伝次郎はそう言って、たぬき庵というそば屋に足を向けた。

たぬき庵は和泉橋の南、柳原《やなぎわら》通りに面した間口二間の店だった。昼前とあって客はおらず、主がそばを打っているところだった。

伝次郎が小市殺しの一件を訊ねると、主の女房が奥から出てきて、

「よく覚えています」

と、はっきりと言った。色白で小太りの年増だ。

「覚えているというのは、浪人の二人が小市を殺すところを見たということか？」

伝次郎は女房に顔を向けた。

「いえ、ここでそば搔《が》きを肴《さかな》に酒を飲んでいるときのことです」

「どんなことを覚えている」

伝次郎は新たな話が聞けるかもしれないと期待したが、女房の口から手掛かりになる話は出なかった。

「加瀬と篠原はよくこの店に来ていたのだな」

「贔屓にしてもらっていました」

だから人相と、件の日に着ていた着物のことをはっきり覚えていたので、本多長十郎に話したと言葉を足した。

「加瀬と篠原はいつも二人だけで来ていたのだろうか？」

「だいたいそうでした」

「殺された小市が来たことは……」

女房はそれはないと首を振った。

「加瀬と篠原は刀を差していたが、大刀と脇差《わきざし》の長さがおおよそわかっている。それは主が見当をつけたのか？」

伝次郎は主に目を向けた。刀の長さは、この店で判明したと聞いている。

「いえ、わたしにはわかりません。近くにお住まいのお侍が、町方の旦那についている小者に教えたんです」

伝次郎はヒクッと片眉を動かした。これは初耳だった。本多長十郎にもたしかめていないことだった。

「その侍は、どこの何という者だ？」

「練塀《ねりべい》小路にお住まいの小田切栄五郎《おだぎりえいごろう》とおっしゃる殿様です。隠居されている方ですが、うちの蕎麦を気に入っていただいています」

主が殿様と言うからには、小田切は旗本なのだろう。

「その小田切様が刀の長さに見当をつけられたのだな」

「さようです」

伝次郎はさっと粂吉を見た。

たぬき庵を出ると、伝次郎と粂吉は練塀小路に足を運んだ。このあたりは旗本や御家人の屋敷が密集している。玄関や門そばに表札や名札などは掛けられていないが、辻番《つじばん》で聞くと小田切栄五郎の屋敷はすぐにわかった。

練塀小路に入って三軒目。相手は隠居の身の上とはいえ旗本である。町奉行所は旗本や幕臣を管掌《かんしょう》していない。だが、今日は相手に疑惑があるのではなく、ただの聞き込みだ。

伝次郎は粂吉を表で待たせて、戸を開け放してある玄関で訪《おとな》いの声をかけた。座敷奥からあらわれたのは女中で、取次ぎを頼むと、すぐに奥座敷に通された。

小田切栄五郎はくつろいだ柿の葉模様の浴衣《ゆかた》姿だった。隠居と聞いていたから六十は過ぎているかと思ったが、もっと若く見えた。柔和《にゅうわ》な笑みを浮かべて伝次郎を迎えると、

「どうぞお楽に」

と、勧められた。

「おくつろぎのところお邪魔いたします。座頭小市殺しの調べをやっております、

南町奉行所の沢村伝次郎と申します」

「ご苦労であるな。それでわたしに何を……」

栄五郎は口の端に柔和な笑みを浮かべて見てくる。

「下手人である加瀬と篠原が帯びていた大小のことです。たぬき庵で聞きましたところ、殿様がそうおっしゃったと伺いまして……」

「大小の長さか……」

そこへさっきの女中がやってきて、二人分の茶を置いて下がった。

「あの二人が差していたのは数物《かずもの》だ。わたしは使いもしないのに刀が好きでな。刀というのはじつに奥が深い。そなたのは……」

栄五郎は伝次郎が右脇に置いている刀をちらりと見て、

「よい刀をお持ちだな。井上真改《いのうえしんかい》だな」

と、ずばりと言い当てた。

「刀は見ればおおよその見当がつく。他人の差している刀にわたしは目がないのだ。あの二人が差していた刀については、町方の手先に教えたまでのことだ。おそらく外れてはおるまい」

栄五郎は刀の好事家《こうずか》のようで、得意げに頬をゆるめる。

「加瀬と篠原が小市を斬ったのを、見てはいらっしゃらないのですね」

「見てはおらぬ。騒ぎになって気づいただけだ。たぬき庵から出たときには、すでに二人の姿はなかったが……」

「その二人と話をされたことはありませんか」

「あいにくだが一度もない」

「では、気になるような話を耳にされたことは？」

それもないと栄五郎は答えた。

「されど、あの二人が仕官したがっていたのは知っている。そんな話を耳にしたことがあるのだ。幕臣になれなければ、大身旗本の屋敷の侍になってもよいと言っておった」

「もしや当てがあったのでは……」

伝次郎はわずかに身を乗り出した。

「有馬兵部《ありまひょうぶ》という寄合《よりあい》の名を口にしたので、おやと思ったことがある。わたしは普請方《ふしんかた》におったのだが、有馬兵部殿も同じ普請方におられたのだ」

伝次郎はキラッと目を光らせた。

「有馬様のお屋敷はどちらでございましょう」

「番町《ばんちよう》だ。伺ったことはないが、市谷《いちがや》御門から近い場所だと聞いておる」

四

和泉橋に戻ると、近くの茶屋の床几に座っていた与茂七がさっと立ちあがって駆け寄ってきた。

「旦那、加瀬と篠原を知っている行商がいました」

と、開口一番に言った。目を輝かせている。

「行商……」

「豊島町《としまちよう》に山田屋《やまだ》という古着問屋があるんですが、その店に出入りしている古着買いです。おれが小市の座っていた腰掛けのあたりを眺めていると、近寄ってきて座頭を殺した浪人は捕まったのかと聞くんで、何でそんなことを聞くんだと聞き返すと、出入りしている店の番頭を脅していた浪人だったと言うんです」

「なに」

伝次郎は眉宇をひそめた。

「店に買い集めた古着をわたして帰るときに、巴熊稲荷《くまがえ》のそばで全蔵《ぜんぞう》という番頭が例の二人に叱られているというか脅されているようだったと言うんです。その行商が飯屋で腹を満たして橋をわたってきたら、座頭が殺されていて、近くにいた町の者たちが殺した浪人の話をしたので、番頭を脅していた二人組だとぴんと来たそうで……」

「行商の名は？」

「清作《せいさく》と言いました。それで山田屋に行って全蔵という番頭のことを訊ねると、二月ほど前にやめたらしいんです」

「二月ほど前……」

小市が殺された頃ではないか。伝次郎は遠くの空に浮かぶ雲を眺め、すぐ与茂七に視線を戻した。

「清作という古着買いは、小市が殺される前に、加瀬と篠原が番頭の全蔵を脅していたと言ったのだな」

「叱っているようないるような、そんなふうに見えたと言います」

「清作の住まいはわかるか？」

「それが聞きそびれちまったんです」

与茂七はしくじったというように顔をしかめた。

「山田屋に出入りしているのなら、山田屋で聞けばわかるでしょう」

条吉が伝次郎に顔を向けて言った。

「よし、清作という古着買いを捜してくれ。それから全蔵の住まいも知りたい。おれはこれから有馬兵部という旗本に話を聞きに行ってくる。手間はかからぬはずだから、またここに戻ってくる」

「それじゃ、あっしらも調べがすみましたら、ここに戻ってきます」

条吉が応じた。

伝次郎はそのまま猪牙舟に乗り込み、神田川の上流に向かった。

川の流れは緩やかであるが、伝次郎は探索に進展が見えたことで少し興奮していた。もっともすぐに落ち着きを取り戻しはしたが、それでも見えぬ獲物のかかっている釣糸を少しはたぐり寄せる感触を得ていた。

昌平《しょうへい》河岸を過ぎると両岸の土手が高くなる。神田川は谷底を流れているといった按配《あんばい》だ。このあたりは景勝地《けいしょうち》で、小赤壁《しょうせきへき》とも呼ばれるように、赤土や赤い岩肌がまわりの緑とうまく釣り合って美しい。

土手には赤い彼岸花が咲き乱れ、鳥たちのさえずりがかしましい。蟬《せみ》の声はとうに聞かれなくなっているが、この頃は蜩の声も少なくなっていた。樹木の間をすり抜けた光を水面が照り返し、そうでないところは黒々とした陰になっている。

水道橋《すいどう》を過ぎると、川の両岸に武家屋敷の屋根が見えるようになり視界が広がってくる。江戸川の河口にある〝どんどん〟を過ぎると、さらに視界が開けてくる。神田川という呼称はこのあたりまでで、あとはお堀と呼ぶ。つまり江戸城の外堀である。神田川の川幅はおおむね七、八間だが、外堀はその倍以上になる。

伝次郎は市谷御門そばの河岸地に猪牙舟をつないで、番町の有馬兵部の屋敷に向かった。

その頃、粂吉と与茂七は山田屋を訪ねていた。

古着買いの清作がどこに住んでいるか、それはすぐにわかったが、

「それで全蔵という番頭が、二月ほど前にやめたらしいが、それはどういうことで？」

条吉の問いかけに、帳場に座っていた若い番頭は、

「それがよくわからないのです。店に断りもなく休みまして、それで二日ほどたって長屋に行きますと、もう家移りしたあとだったのです。女房のお礼《れい》さんもいなくなっているという按配で……」

と、答えた。

条吉は与茂七と一度顔を見合わせて、もう一度番頭に顔を向けた。

「そのことをよく知っている者はいないか？」

「全蔵さんのことでしたら……」

番頭は店の奥に一度目を向けてから答えた。

「手代の文助《ぶんすけ》なら仲がよかったので、何か知っているかもしれません。さっき使いに出ましたのでじきに帰ってくるはずですから、お待ちになりますか」

条吉は少し迷った。店のなかで待つのは迷惑だろうから、表で待っていると言っ

て店を出た。

天水桶《てんすいおけ》の横に具合よく床几が置かれていたので、粂吉と与茂七は並んで腰掛けた。

「全蔵は加瀬と篠原に脅されていたんですよね。そのあとで小市が殺されている」

与茂七がいつになく真剣な顔でつぶやく。

「そして、全蔵は姿を消した」

粂吉はそう言ったあとで、「あ」と小さな声を漏らして立ちあがった。

「どうしたんです？」

与茂七が目をしばたたいて見てくる。だが、粂吉は返事もせずに山田屋に入って
若い番頭に声をかけた。

「全蔵だが、店に来なくなったのはいつかわかるかい？」

「二月ほど前でした」

「ひょっとして和泉橋で座頭殺しのあった翌日からではないか」

もし、小市殺しを目の前の番頭が知っていれば覚えているはずだ。

番頭は少し思案顔をし、何かに気づいたように目を見開いて粂吉を見た。

「そう言われると、たしかそうだったはずです。ちょいとお待ちを……」

番頭は隣の客間でさっきから古着の整理をしていた小僧に声をかけた。どうやらこの店の者たちは、小市殺しを知っているようだ。そして、小僧は覚えていた。

「そういえば、番頭さんが来なくなったのは、あの殺しのあった翌《あく》る日からですね」

条吉は表に戻ると、いま聞いたばかりの話を与茂七にしてやった。

「それじゃ、全蔵は小市殺しに絡んでいるってことですね」

「そう考えておかしくねえだろう。それに全蔵は加瀬と篠原に脅されている。しかも、小市が殺される前にだ」

「条さん、旦那にすぐ知らせなきゃ」

与茂七は慌て顔で尻を浮かしたが、

「落ち着け。まだ、おれたちゃやることがある。それに旦那は聞き込みの最中だ」

条吉はそう言って、目の前の通りを行き交う人を眺めた。

五

伝次郎は寄合旗本・有馬兵部と向かい合っていた。開け放された障子の向こうにきれいに手入れをされた築山《つきやま》があり、泉水《せんすい》のそばにある鹿威《ししおど》しがときどき、コンと音を立てていた。

「篠原助右衛門のことは覚えておる」

伝次郎の最初の問いかけに、十分な間を置いてから有馬は応じた。白髪の老人で、もはや役職には就けないだろうという年齢だ。

「すると、篠原はこちらのお屋敷を訪ねてきているのですね」

「一度掛け合いに来たことがある。家士《かし》でもよいし剣術指南役でもよいと言った。なんでも千葉道場の免許を持っていると、自慢そうに言ったことを覚えておる」

「されど、お雇いにはならなかった」

「間に合っておるからな。それに、わしは寄合だ」

有馬はゆっくり茶を喫した。

寄合とは番方《ばんかた》にも役方《やくかた》にも就いていない旗本のことである。そうは言っても禄高三千石以上の旗本である。三千石未満の旗本や御家人は小普請組《こぶしんぐみ》に編入される。

「何故、篠原は殿様を頼ってきたのでしょうか？　こちらを訪ねてくる前に伺いでもあったのでしょうか？」

「伺いはなかったはずだ。うちの中間《ちゅうげん》が取次ぎに来たので会ったまでの話である」

要するに篠原はいきなり押しかけてきたのだ。

「もうひとつだけお訊ねいたします。加瀬彦三郎なる名にも覚えはないのでございますね」

だめ押しの問いかけだった。有馬は「ないな」とあっさり答えた。

徒労《とろう》であったかと、伝次郎は内心でため息をつき、突然の訪問を詫びて有馬家を出た。

しかし、胸のうちには疑問がくすぶっている。加瀬と篠原は、有馬兵部の名を口にしているのだ。そのことは小田切栄五郎から聞いたのだが、彼が嘘を言ったとは思えない。

とにかく伝次郎は和泉橋に戻ることにした。

その頃、粂吉は使いから戻ってきた文助という山田屋の手代から話を聞いていた。

「浪人のことは知りませんが、いまになって思えば番頭さんがいなくなる前、いつもと様子がちがっていた気がします。顔色もすぐれなかったようなので、わたしは心配になり、どこか具合でも悪いのではありませんかと聞いたことがあります」

「それで、全蔵は何と……」

「何でもないとおっしゃいましたので、わたしも気にしなくなりました」

「全蔵は浪人に脅されているのだ。いや、何か粗相《そそう》をして叱責《しっせき》されたのかもしれねえが、そのことはどうだ」

粂吉は問いを重ねる。

「いやあ、わかりませんね」

「全蔵が二人の浪人に脅されたか叱られたかしたのは、たしかなんだ。何か気づくことはないか？」

与茂七だった。

文助は目の横にある黒子《ほくろ》を指先で触って思案顔をした。

「金に困っていたとか、浪人に弱味をにぎられていたとか……」

与茂七の再度の問いに、文助はハッと目をみはった。

「弱味なら……もしや……」

「もしや、なんだ？」

与茂七は文助に詰め寄るように一歩前に出た。そこは山田屋の表だった。

「わたしは知っていたんです。番頭さんが浮気をされていたのを……黙っていましたが、店をやめて家移りをされたのも、ひょっとしたら浮気がもとではなかったかと……」

「浮気の相手は？」

文助は困り顔をした。

「このことは誰にもしゃべらねえ。ここだけの話にしておく。おまえから聞いたことも決して他言しない」

文助は躊躇《ためら》いを見せたが、小さな声で答えた。

「この先の立花《たちばな》屋のおかみさんです。おゆきさんという方です」

粂吉は文助の視線の先を目で追った。三軒先に立花屋という帯屋があった。粂吉は与茂七と目を見交わしてうなずいた。

「番頭の全蔵を脅していたのはこの二人なんだが、見たことはないか？」

条吉は加瀬と篠原の人相書を文助に見せた。

文助はためつすがめつ眺めていたが、

「いやあ、見たことはありません」

と、答えた。

「全蔵が住んでいたのはどこだ？」

「岩本町《いわもとちょう》の弁慶《べんけい》店という長屋でした。大家の名前はわかりませんが、みんな弁慶店と呼んでいるようです。近くに弁慶橋があるからだと思うんですが……」

文助はそう言ったあとで、まだ何か聞くことがあるかと条吉を見た。

「いや、仕事の邪魔をしたな」

文助はホッとした顔になって店に戻っていった。

「条さん、お手柄ですね。加瀬と篠原は全蔵を強請《ゆす》っていたんですよ」

文助を解放したあとで与茂七が目を輝かした。

「おそらくそうだろうが、なぜ二人は小市を殺さなきゃならなかったんだ」

「まあ、それは……」

与茂七は考えるように腕を組んだ。

「ま、いい。とにかくいい話が聞けたのはさいわいだ。そろそろ行くか」

「その前に全蔵の浮気相手を見ておいたほうがいいのでは……」

「与茂七、いいことを言う」

条吉は褒めてから立花屋という帯屋へ足を向けた。このあたりは古着問屋が多い。とくに柳原通りには大小の店がずらりと床店《とこみせ》を出して商売を競っている。雨が降らなければ、毎朝、古着や古道具の市が立ち、江戸中から買い物客が集まる。その繁盛ぶりは魚河岸につぐほどだ。しかし、日が暮れてそれらの店が閉まると、どこからともなく筵《むしろ》を抱え持った夜鷹《よたか》があらわれる。

条吉と与茂七は立花屋の表から店の様子を窺《うかが》ったが、女の気配はない。おそらくおゆきという女房は店の奥で仕事をしているのだろう。そう考えて、裏通りにまわると、裏木戸の戸と勝手口が開け放されていた。

江戸の町民たちは開放的だ。それもまだ寒くもない秋口であるから、戸が開いていても不思議はない。

しばらく様子を窺っていると、小柄で色白の女が台所で立ち仕事をはじめた。まだ三十前に見える。肉置《ししお》きのよさそうな体つきで、ちょいと色気のある顔つきだ。

「あれがそうですかね」

与茂七がそう言ったとき、店の小僧が勝手口から裏通りに出てきた。

「待ってくれ」

与茂七が呼び止めて、台所仕事をしている女のことを訊ねると、案の定、立花屋の女房・おゆきだとわかった。

六

伝次郎が和泉橋に戻ると、河岸道で待っていた粂吉と与茂七がすぐそばにやってきた。

「手柄は何もない」

伝次郎は目を輝かしている二人に、猪牙舟を舫いながら言った。

「あっしらはあります」

伝次郎はさっと条吉を見た。それからすぐに河岸道にあがった。

「何かわかったのだな」

「へえ。ひょっとすると山田屋の全蔵という番頭は、加瀬と篠原に脅されていたかもしれません。全蔵は近所の店の女房と浮気をしていたのです」

伝次郎が眉宇をひそめると、条吉は聞き込みで調べたことを話した。

「あり得る話だな。だが、小市殺しとそれがつながっているかどうかだ」

「もっともです。それで、古着買いの清作の家はわかっています」

「どこだ？」

「浅草猿屋町《さるやちょう》です。稲荷《いなり》店という裏長屋だと聞いています」

与茂七が答えた。

「他にわかったことは……」

伝次郎は条吉と与茂七を交互に見た。

条吉が調べたのはそんなところですと答えた。

「よし、清作という古着買いに会おう」

伝次郎はそう言うなり、和泉橋を離れた。

小市殺しの下手人、加瀬と篠原の行方はわからないが、少しずつ絡まっていた糸がほぐれるような感触を得ていた。

伝次郎は歩きながらこれまでのことを頭のなかで整理した。

山田屋の全蔵は、おそらく帯屋・立花屋の女房と密通していた。それを、加瀬と篠原に知られ強請《ゆす》られていたと考えてもおかしくない。そして、加瀬と篠原は口止め料として全蔵から強引な取立てをしていた。

しかし、件の日はうまくいかなかった。あきらめてたぬき庵でそばを食い、そのあとで和泉橋まで来たときに、座頭の小市に遭遇し、そのまま斬り捨てた。

（なぜ、小市を斬り捨てなければならなかったのだ……）

それは深い謎である。


「ここじゃないでしょうか……」

考え事をしていた伝次郎は、与茂七の声で我に返った。

清作の住んでいる長屋だった。

鴉《からす》長屋と呼ばれているようだが、その所以《ゆえん》はわからない。与茂七が先にどぶ板の外れている路地に入ってすぐ、ここがそうだと目顔《めがお》を向けてきた。

清作は煙管を吹かしながら膝許に置いた将棋盤を眺めていた。ひとりで詰め将棋をやっていたのだ。

「邪魔をする」

伝次郎が断って敷居をまたぐと、清作は心底驚いたというような顔を振り向けてきた。

「邪魔をして悪い。南町の沢村と申す」

清作は煙管を灰吹きに打ちつけると、慌てて居住まいを正した。

「あっしに何か……」

「座頭の小市殺しの件だ。おぬしは小市が殺される前に、山田屋の番頭・全蔵が二人の浪人に何か言われているのを見ていたらしいな」

「へえ」

「その二人の浪人は小市殺しの下手人なのだが、全蔵とどんなやり取りをしていたか聞いておらぬか？」

「話は聞いてませんが、番頭さんは弱り切った顔でさかんに頭を下げていました。

二人の侍はいかにも不機嫌そうな顔をして何か言っていましたが、声は抑えていましたから聞こえなかったんです」

「二人の浪人を見たのは、それが初めてだったのか？」

「さいです」

「全蔵といっしょだったのを見たのも……」

「へえ、そうです。そのあとで、座頭殺しがあったんです。あの二人の侍が下手人だったと知ったときは、いやはや驚いたのなんの……」

「その二人の浪人が下手人だと知ったのはいつだ？」

「殺しがあったすぐあとです。野次馬から下手人の人相を聞いてびっくりしたんです」

「その一件の調べをしていた町方には話さなかったのか？」

「いいえ、町方の旦那には会いませんでしたから。驚いたことを話したのは、そちらの若い兄さんが初めてです」

清作は与茂七をちらりと見てから、

「あ、山田屋さんでは話しました」

と、付け足した。

「殺しがあっていかほど経ってからだ？　もうそのときには番頭の全蔵は店にはいなかったのだな」

「あれは四、五日経ってからです。和泉橋で座頭を殺した二人の浪人をあっしは見たことがある、それも殺しの起きる前だったと話しました。ですが、番頭さんのことは具合がよくないのだろうと、黙っていましたが……」

「だが、その番頭はもういなかった」

「あっしは休みだろうと思っていたんですが……」

「全蔵が店をやめたと知ったのは、殺しがあってからしばらくあとだったということか」

「十日もあとだったような気がします。その間にも山田屋さんには出入りしてたんですが、番頭さんは用があっていないのだろうと思っていたんです」

清作は嘘ではありませんというような顔で目をみひらく。

伝次郎は家のなかをざっと眺めた。調度も家財道具も人並みだが、いかにも古着買いらしく居間の隅に、買い付ける際に使う長い布袋がまるめられていた。

「あっしが知っているのはそれだけです。他には何も知らないんです」

伝次郎の短い沈黙を気味悪がったのか、清作は弁解するように付け足した。

「……そのようだな。いや、邪魔をした」

伝次郎はそのまま長屋を出た。

「全蔵と通じていたおゆきという女房にも話を聞かなければならぬが、全蔵の住んでいた長屋に行ってみよう。岩本町の弁慶店だったな」

「さようです」

粂吉が答えた。

七

山田屋の元番頭・全蔵が住んでいた長屋は、藍染川《あいぞめがわ》に架かる弁慶橋のそばにあった。

出職《でしょく》の亭主連中が出払った長屋にはのんびりとした空気があった。井戸端で三人のおかみが洗い物をしながらおしゃべりに興じている。

居職《いじょく》の住人はいないらしく、長屋は二階建てばかりである。それだけで、そこそこ稼ぎのある者が住んでいる長屋だとわかる。

伝次郎たちは手分けをして聞き込みをしたが、手間取ることはなかった。全蔵夫婦は仲がよく人柄もよかったし、長屋内の付き合いもちゃんとやっていた。概して評判のいい夫婦だったようだ。

「揉め事も起こしていなければ、家賃を溜め込んでいる様子もなかったようです」

長屋の木戸口に戻った伝次郎に、与茂七が報告する。

「夜逃げするように出ていったというのを、誰もが不思議がっています」

粂吉が井戸端のほうを見てから添え足す。

「二人がいっしょになったのは三年前だと聞いた。だが、子供はいなかった」

伝次郎は全蔵が住んでいた家を眺める。もうそこには別の夫婦が入居していた。

「あっしも聞きました。全蔵が子供ができないと愚痴をこぼしたことを聞いたというおかみがいましたが、それで夫婦仲が悪くなった様子もなかったと……」

粂吉は真顔を伝次郎に向けた。

「旦那、小市が殺されたのは五月三日でしたね」

与茂七がいたって真面目顔で言う。

伝次郎はうなずいて、つぎの言葉を待った。

「そして、全蔵夫婦がこの長屋を出ていったのは、翌《あく》る日の四日です。それまで山田屋に常と変わらず勤めていたんですよね。なのに、逃げるようにここを出て行ったってェのは、やっぱ加瀬と篠原と何かあったんじゃないでしょうか。だって、三日の日に全蔵は加瀬と篠原に脅されているんです」

伝次郎も同じことを考えていた。

「そのとおりだ。全蔵と二人の下手人の間に、のっぴきならぬことがあったと考えていいだろう。だが、何があったかだ。全蔵が小市を殺した二人を逃がす助《すけ》をしたのか、あるいは全蔵は二人から逃げるためにここを出ていったのか……」

「旦那、加瀬と篠原がここに来たことはないんでしょうかね。そのことは聞いていませんでした」

粂吉が、はたと気づいた顔をして言った。

伝次郎もうっかりであったと、内心で舌打ちをして、

「そのこと、たしかめよう」

と、応じると、与茂七が機敏に井戸端にいるおかみたちのところへ駆けていった。

三人のおかみに声をかけると、懐から人相書を出して見せた。

おかみたちは顔を突き合わせるようにして人相書を眺めていたが、痩せたおかみが与茂七に声をかけ、短くやり取りをした。さっと与茂七が伝次郎と粂吉に顔を向けて、すぐに戻ってきた。

「旦那、あっしの勘があたりました。加瀬と篠原は二度ばかし、この長屋に来ています。初めは全蔵夫婦がいなくなる前のことです。そして、一昨日も来たと言います」

「なに、まことか……」

「へえ、あのおかみさんが間違いないと。この二人が全蔵の家を訪ね、家移りをしたと知ると、苦々《にがにが》しい顔をして出て行ったそうで……」

伝次郎は顔を引き締めた。

加瀬と篠原は江戸にいるのだ！　そのことがはっきりした。

「つまり、全蔵夫婦は加瀬と篠原から逃げるためにこの長屋を出ていった。そういうことになるんじゃありませんか」

粂吉が言うのへ、伝次郎はおそらくそうだと応じ、

「よし、全蔵の調べはとりあえずここまでにして、全蔵と通じていたおゆきという女房に会おう」

さっと、身を翻した。

伝次郎は帯屋・立花屋のある豊島町に戻りながら、もし、加瀬と篠原がおゆきと通じていた全蔵を脅していたならば、おゆきにも脅しをかけていたはずだと考えた。

だが、そのことと小市殺しはどう結びつくのだ？

その疑問は解けぬままだ。

「旦那、おれが呼び出してきます」

立花屋の裏道に来たときに与茂七がそう言って先に駆けていった。

「あやつ、この頃気が利くようになった」

伝次郎が与茂七を見送りながらつぶやくと、

「旦那にすっかり惚れ込んでいるからですよ。だから少しでも役に立ちたがっているんです」

と、粂吉がくすぐったいことを言った。

与茂七は裏の木戸口で店の様子を窺っていたが、しばらくして誰かと短いやり取りをして、伝次郎に顔を向けてきた。それからすぐにまた立花屋の敷地内に顔を向け、誰かと話をする。

与茂七が木戸口を離れると、それにつづいて小柄な女があらわれた。警戒するような目を、伝次郎と条吉に向けてくる。一見、気の強そうな顔つきだが、目許に男好きのする色気があった。

「何でしょうか……」

おゆきは用心深い目を伝次郎に向けた。

「直蔵に聞く。山田屋の全蔵を知っているな?」

おゆきは短い間を置いて、小さくうなずいた。

「おまえさんと全蔵が通じていたということを耳にしているが、いまどこに全蔵がいるか知らぬか?」

「知りません。いったいなんでしょうか?」

「和泉橋で座頭が殺されたことを耳にしておらぬか」

おゆきの目が少し見開かれた。知っているのだ。

「全蔵がその殺しの下手人と関わっているのがわかった。ついてはおまえさんも何か知っているのではないかと、さように思うのだが……」

伝次郎はおゆきを凝視《ぎようし》する。

「わたしは何も知りませんよ」

「座頭を殺したのはこの二人だ」

伝次郎は人相書を見せた。とたん、おゆきの目が大きく見開かれた。あ、と小さな驚きの声を漏らしもする。

「知っているのだな？」

おゆきは警戒するように周囲に視線を走らせた。

「あの、内聞《ないぶん》にお願いできますか」

「うむ」

おゆきはあきらかに怯えていた。

「この二人、昨日、わたしを脅しに来ました」

「昨日……」

伝次郎は眉宇をひそめた。

「ええ、全蔵さんとのことをうちの亭主に黙っている代わりに、金を都合するようにと。白《しら》を切ると、これから店に乗り込んで何もかもうちの人に話すと言うんです。それは困るのでいくら払えば黙っていてくれるかと聞きますと、二十両だと吹っかけられました。とてもそんなお金は都合できません。それで十両なら何とか拵えられると申しますと、それでよいから明日の夕方、浅草橋の北詰まで持ってこいと言われました」

「明日というのは今日のことだな」

「はい」

「今日の何刻だ？」

「六つ（午後六時）です。でも、町方に知らせたら命がないと脅されています。どうすればよいか、生きた心地がしないんです。旦那様、どうすればよいのでしょう」

おゆきはさっきまでの警戒心を解き、すがるような目を向けてくる。

「金を持って行くつもりだったのだな」

「そうしないと、わたしはどうなるかわかりません」

「よし、約束どおり浅草橋に行ってくれ。金をわたしても、必ずおれたちが取り戻す。だが、このこと亭主は知らぬのだな」

「知ったら、今度は亭主に殺されます」

おゆきはぶるっと体をふるわせた。顔が蒼白《そうはく》になっていた。

第四章　消えた壺

一

夕暮れた道を仕事帰りの職人や行商人、あるいは侍が通っている。西に浮かぶ雲が朱に染められ、一部は黄金色に輝き、群青《ぐんじょう》の空を背景にしている。数羽の鴉が鳴き声を上げながら神田明神の方角に飛んでいった。

伝次郎は菅笠《すげがさ》を目深《まぶか》に被《かぶ》り、浅草橋に近い茅町《かやちょう》一丁目の茶屋にいた。人目につかないように葦簀《よしず》の陰に身を置いていた。

条吉と与茂七は通りの反対側、本郷《ほんごう》六丁目代地の物揚場《ものあげば》に積まれている石の陰に身をひそめている。

すでに浅草橋の北詰には、巾着を提げているおゆきが落ち着かなげに立っていた。六つを知らせる時《とき》の鐘《かね》が空にひびいたのは、それからしばらくしてからのことだ。

伝次郎は葦簀越しにおゆきを見、それから周囲に目を光らせた。橋をわたってきた大八車《だいはちぐるま》がおゆきのそばを通り過ぎ、町駕籠《かご》が反対に橋をわたっていった。

五人の勤番侍が佐久間町のほうから歩いてきて、御蔵前のほうへ去って行き、武家の妻と思われる女が娘を連れて、橋をわたっていった。

夕日は急速に明度を落とし、あたりには夕靄《ゆうもや》が漂っていた。

おゆきは橋のたもとを手持ち無沙汰に行ったり来たりしているが、落ち着きを失っている。

(どこから来るのだ)

伝次郎は目を光らせて浅草橋の先にある浅草御門を見、また目の前の神田川沿いの河岸道に警戒の目を配る。夕暮れの闇が物揚場にいる粂吉と与茂七の姿を見えなくしていた。

あたりがさらに薄暗くなった。六つは過ぎたのに、おゆきに近づく者はいない。おゆきは心細さを隠しきれずに、きょろきょろとさかんに辺りを見まわしている。

使いに出たらしい商家の小僧がおゆきの横を駆け抜けていった。その小僧とすれ違いに御蔵前のほうから来た町人がおゆきにぶつかったのは、そのときだった。

おゆきが片膝を折って両手を地面についた。ぶつかった町人は頭を下げて謝っている。と思ったが、そのまま浅草橋を脱兎《だっと》のごとく駆けわたっていった。その手にはおゆきが提げていた巾着がつかまれていた。

（したり）

伝次郎が内心で舌打ちをしたとき、粂吉と与茂七が巾着を盗んだ男のあとを追いはじめた。おゆきは地面に転んだまままおろおろしていた。

伝次郎はあたりに警戒の目を光らせた。加瀬と篠原らしき浪人の姿はない。

「くそッ」

声に出して吐き捨てると、葦簀の陰から飛び出して走った。掏摸《すり》を追っている粂吉と与茂七の姿はもう見えなかった。

伝次郎は橋を駆けわたり、浅草御門を抜けた。前から来た男とぶつかりそうになり、うまく避けて数間走って立ち止まった。粂吉と与茂七の姿が見えない。

（どこだ？）

周囲に視線をめぐらしたとき、両国広小路のほうから小さな悲鳴と怒鳴り声が聞こえてきた。伝次郎はそちらに駆けた。

広小路は昼間の賑《にぎ》わいはないが、それでも人の数は多い。片付けをしている大道芸人や講釈師の姿があり、矢場《やば》は表戸を閉めはじめていた。芝居小屋から客が吐き出されている。両国橋に向かう者、また両国橋からやってくる者。

男、女、侍、職人……。

そんな人波の間を縫うように走っている影があった。粂吉と与茂七だった。その前を逃げる掏摸がいる。

伝次郎は再び走りはじめた。三人は橋番所のほうに向かっていたが、急に方向転換をして米沢町《よねざわちょう》のほうに向かった。

伝次郎は遅れているが、与茂七が掏摸との距離を縮めていた。

矢場から出てきた女と掏摸がぶつかった。女がいきり立った声で罵《のの し》った。

這うようにして立ちあがった掏摸は、米沢町の路地に逃げ込んだ。与茂七はさらにその差を縮めていた。

伝次郎が米沢町の路地に駆け込んだとき、先の道で与茂七が掏摸を押し倒して揉み合っていた。粂吉がその二人に近づき、たちまち掏摸の片腕をねじあげて腹這いにさせた。

「捕まえたか」

伝次郎は息を弾ませて掏摸を押さえている粂吉に近づいた。粂吉も与茂七も、そして掏摸も呼吸を乱し、激しく肩を動かしていた。

「立たせるんだ」

伝次郎が命じると、粂吉が掏摸の後ろ首をつかんで立たせた。

「頼まれたんだ。頼まれただけなんです」

掏摸はまだ若かった。おそらく二十歳を過ぎたばかりだろう。

「誰に頼まれた」

伝次郎は掏摸をにらんだ。日が落ちてあたりは暗くなっているが、若い掏摸の顔を近くにある居酒屋の軒提灯が照らしていた。

「侍です。浅草橋の袂に立っている女の巾着を盗んだら、一両やると言われたんです。ほんとうです、嘘じゃありません」

掏摸は必死に弁解する。

「きさまの名は？」

「せ、千吉《せんきち》って言いやす。おれは頼まれただけなんです。後生ですから勘弁を」

条吉に首根っこをつかまれたまま千吉という掏摸は、拝むように手を合わせた。

「おまえに指図をした侍は、こやつらではなかったか」

伝次郎は懐から出した人相書を、さっと千吉の前にかざして見せた。とたんに、千吉の両目が大きく見開かれ、

「な、何だ、こいつら人殺しだったんですか」

と、驚きの声を漏らす。

「どこで巾着を掏《す》るように頼まれた？」

「広小路の茶屋の前で声をかけられ、容易《たやす》い仕事があるのでやってくれ、褒美に一両やると言われたんです」

「そいつらはいまどこにいる？」

「わかりません」

「盗んだ巾着はわたさなければならなかったはずだ」

「……篠塚《しのづか》稲荷の前で落ち合うことになっていやした」

ばつが悪そうに言ったのは、盗んだ巾着をそっくり持ち逃げする肚だったからだろう。篠塚稲荷は伝次郎が見張っていた町屋の北側にある。千吉はその反対へ逃げたのだ。

「こやつらに会ったのは初めてか、それとも昔からの知り合いか？」

「初めてです。どんな侍で、何という名前かも知らないんです」

この言葉に嘘は感じられなかった。伝次郎は短く思案して、

「よし、行け」

と、顎をしゃくった。

条吉がつかんでいた後ろ襟を放すと、千吉はホッとした顔で何度か会釈して逃げるように闇のなかに消えていった。

二

「おい、どういうことだ」

加瀬彦三郎は、浅草御門を出たところで立ち止まりつぶやいた。

両国広小路を眺めるが、千吉という掏摸の姿も、千吉を追った二人の男も見えない。提灯を提げて歩く人が両国橋をわたってきて、米沢町の町屋に消えていく。昼間いた大道芸人も講釈師も飴売りも手妻《てづま》師もいない。芝居小屋や矢場は閉められている。

「わからぬ。それより、おゆきはどうするのだ？」

篠原助右衛門に言われて、加瀬はハッとなり、

「……これは、したり」

と、苦い顔をした。

「千吉を追ったのは二人の男だったが、そのあとでもうひとり駆けていった侍がいた。あやつは何者だ」

「そんなこと、おれに聞いてもわかるわけがなかろう。たまたま急いでいたやつかもしれぬではないか」

「町方ではないだろうな」

加瀬は篠原にさっと顔を向けた。夕闇が濃くなっているので、篠原の顔は黒い陰になっていた。

「もしそうなら、おゆきは町方におれたちのことを話しているということになる」

「であれば、向後《こうご》おゆきには近づけぬということではないか」

「くそッ、まったくついておらぬ。篠原、いかがする。手許不如意《ふにょい》もいいところだ。何とかせねばならぬが、いかがいたす」

「いかがもどうもない。おれたちが手配りされているのは明らか。下手に動きまわるのは控えなければならぬが……それにしても……」

篠原が恨みがましい目を向けてきた。

「それにしても、なんだ」

加瀬は腹立たしくてならなかった。

「千吉という若造だ。あやつはおれたちとの約束を破り、おゆきの巾着を盗んでそのまま逃げるつもりだったのだ。そうではないか。巾着を奪い取るまではよかった。だが、そのあと浅草橋をわたって行きやがった。約束ではおれたちのところへ来るはずだったのだ」

加瀬は歯軋りをして地団駄《じだんだ》を踏みたくなった。ケチな掏摸にも裏切られたというのが、歯痒《はがゆ》くてしかたない。

「とにかく金だ。もう手許にはいくらもないのだ。いかがする。そもそもきさまが小市を斬り捨てたりするからだ。あれでツキが落ちたのだ」

「人のせいにするんじゃないッ」

加瀬はペッとつばを吐き捨てると、浅草御門に入り、それから浅草橋をわたった。あとから篠原がついてくる。

「どこへ行くのだ？」

「行くところは決まっておろう。おれたちは金がないのだ。酒も飲めなければ、ろくに飯も食えぬ」

「斬らなければよかったのだ」

加瀬は立ち止まって、篠原を振り返ってにらんだ。

「斬るしかなかったのだ。そうであろう」

「斬ったがために手配りされた。斬らなければ、逃げなくてもすんだ。あの座頭が何を言ったところで白を切ることができた。それに、まだおれたちは何もしていなかった」

「……手ぬるかったのだ。だから全蔵にも逃げられたのだ。きさまが欲をかくからだ。そうではないか」

篠原は黙り込んで大きな口を引き結んだ。

「もはや後戻りはできぬのだ。そうではないか」

「わかった。もう言わぬよ」

加瀬はふんと鼻を鳴らして歩きはじめた。御蔵前の通りまで来たが、往来は昼間に比べて格段に少ない。いやがおうでも小料理屋や飯屋に目がいく。だが、懐にはなけなしの金しかない。

「篠原、いくら持っておる？」

「もういくらもないさ。一朱《しゅ》もない」

加瀬はため息をついた。腹が減っていた。このまま塒《ねぐら》に戻っても何も食うものはない。

「どうにかしなけりゃならん」

思いが口をついた。

「そうさ、どうにかしなければならぬのだ。金蔓《かねづる》をなくしてるのだから」

篠原の言葉が、いちいちささくれた加瀬の癇《かん》にさわる。

「金蔓を見つけて巻きあげるか。もはやまともなことはできない身の上。切羽詰《せっぱつ》まったおれたちにできるのは、せいぜいそれぐらいであろう」

加瀬が考えていたことを、篠原が代弁した。

「……やるか」

加瀬は立ち止まって篠原を振り返った。

「おれはその気だ。顔を見られぬようにうまくやればよいだろう」

加瀬は「うむ」と、強くうなずいた。

「腹拵えをして向後のことをゆっくり考えよう」

「よし、話は決まりだ」

加瀬は目を光らせて歩き出した。もう少し行った先には、夜商いの店が多い。金を持っていそうな町人が必ずいる。加瀬は刀の柄《つか》をぐいと押し下げた。

三

おゆうはその日、武蔵屋をやめた。

思い切ったのは、同じ長屋に住む金吾の一言があったからだった。

——いやな女中のいる店なんかやめちまえばいいんだ。

そして、こうも言った。

——この辺にゃ店がごまんとある。おめえを雇ってくれる店には事欠かねえはずだ。やめちまえ、やめちまえ。好んでいやな思いをするこたァねえだろう。

おゆうはそうだと思った。好んでいやな思いをすることはないと。

だが、死んだ姉さんは、なんでも辛抱が大事だよ。苦しみから逃げると、いいことはない。あんたはいずれひとりで生きていかなきゃならないのよ。人は苦しくなると、その苦しみから逃げようとする。でも、逃げたらそれで負け。どんなに苦しくても、我慢できるところまで我慢するのよ。

姉さんは、ときどきそんな話をしてくれた。

おゆうは、わたしは逃げたのかしらと、行灯のあかりを受けた板壁の一点を見つめた。

そして、自分を納得させるように心中でつぶやいた。

（わたしは我慢しました。他の女中さんにさんざん冷たい扱いをされても、粗相をして叱られないように努めました。でも、姉さん、わたしにはできなかった。人並みの仕事ができなかった。わかって姉さん……）

返事などないが、そうやっておゆうは自分を慰めた。武蔵屋のおかみさんにやめたいと言ったときには、呆気《あっけ》に取られた顔をされたが、ため息をついてしかたないねと許してもらった。ただし、給金は出ないと釘を刺された。

おゆうは何も言わずに頭を下げて武蔵屋を出た。心苦しいものはあったが、肩の荷が下りた気がして、少し心が軽くなっていた。

だから、大川端まで歩き、大名屋敷地を右へ左へと曲がって町屋に出て、日が暮れるまで過ごした。それは楽しい時間だった。

おゆうは大名屋敷の塀越しに姿を見せる枝振りのよい松や、芙蓉の花を眺めた。大川端には露草や水引、あるいは彼岸花、そして杜鵑草《ほととぎす》も見つけた。花を見ていると、なぜだか心が和《なご》み、自然に笑みさえこぼれる。町屋ではまだ木槿の花を見ることができた。姉さんが好きだった花だ。そして、金木犀《きんもくせい》の甘い匂いを嗅ぐこともできた。

家に帰ってきて、画仙紙《がせんし》を出して絵筆を執《と》ったのも、いろんな花を見て帰ってきたからだった。

おゆうの膝許には画仙紙が散らばっていた。指は絵具で汚れ、筆が何本も置かれていた。

画仙紙には、その日見た花を描いていた。

萩、夾竹桃《きょうちくとう》、露草、木槿、彼岸花……。

一度花を見ると、その花が目に焼きつき、いつまでも脳裏に残っている。だから、目の前に花がなくても自由に描くことができた。

そのことに気づいたのは姉さんだった。

「あら、あんた絵心があるのね。もっと描いて見せて」

そう言われたのは、おゆうが十歳になるかならないかのときだった。そして、いつしか姉さんは画仙紙と絵具と筆を買ってくれた。

「色をつけないともったいないわ」

微笑んでそう言ったのだ。

おゆうは嬉しかった。だから暇があると、その日見た花を描いた。花を描いているときには何もかも忘れ、一心不乱《いっしんふらん》になった。人見知りで口下手なおゆうにとって、絵を描くことは唯一の楽しみだった。

木槿の花びらは五枚、芙蓉の花も五枚……桜も梅も桃もそうだ。木に咲く花は、五枚が多い。でも椿は違う。五、六枚が普通だけれど、種類によっては八枚や十枚、もっと多いものもある。

野に咲く花は、また面白い。露草は二枚だし、水引は数えられないほど小花をまばらにつけている。水引をよく見ると、花弁《はなびら》がなく、それに似た萼《うてな》がある。萼は四つに裂けている。

そういう小花もいいが、おゆうは芙蓉や椿、あるいは夏の朝顔が好きだった。

腰高障子が小さく、コンコンとたたかれた。

ハッと顔をあげると、

「金吾だ。ちょいと邪魔をしていいかい」

という声があった。

おゆうは「はい」と小さく返事をして、三和土《たたき》に下りて戸を開けてやった。

「まだ宵の口だからいいだろう」

金吾は長屋の住人の目を気にするように路地に目を向けて敷居をまたいできた。

最初は警戒していたが、そう悪い人ではないと思うようになっていた。

「ええ」

おゆうが居間に戻ると、金吾は小さな目をまるくし、

「何だ絵を描くのか……へえ、うまいじゃねえか」

居間に散らばっている絵を見て感心した。それから上がり口に腰掛けて、

「店をやめたんだってな」

と、おゆうを見てきた。

「ええ、わたしは不器用ですから……。それに金吾さんにやめろと言われたし……」

「おいおい、おれのせいにするんじゃねえよ」

金吾は笑って言った。

「すみません。でも、いいんです。武蔵屋さんはわたしに向いていなかったのです」

「まあ、いけ好かねえ年増女中がいるからな。おめえはまだ若いから、口入屋《くちいれや》に行きゃすぐ新しい仕事が見つかるさ」

「…………」

「で、これからどうするんだ？　遊んでるわけにゃいかねえだろう」

「ゆっくり考えることにします」

「そうかい、ゆっくりねえ」

金吾は思案顔をして、おゆうの描いた花の絵を眺め、それから家のなかに視線を這わせた。

「お風呂焚きは大変ですか？」

おゆうは間が持てないので問うてみた。

「まあ、慣れりゃどうってことねえ仕事だ。もっとも、長くつづける気はねえけどな。毎日煤だらけになって、着るもんだって煙臭くなるからな。いずれもっと稼げる商売人になるつもりだ」

「お仕事は何でも大変ですからね」

「楽な仕事なんてねえだろうな」

金吾はそう言って股引の膝のあたりをさすった。何かもの言いたげな顔だ。それからすぐにおゆうに視線を向けて、

「おめえの姉さんだけどよ。この前も聞いたが、結構な稼ぎをしていたらしいな。いや、変に勘繰《かんぐ》られちゃ困るが、そういう話を聞いたんだ。どこぞのお大名や旗本の殿様の着物を作っていたそうじゃねえか。何でおめえはその仕事を継がないんだ。それなりの腕を持っているんじゃねえか……」

金吾は先日と同じようなことを聞いた。おゆうも先日と同じような返答をした。

「不器用なんです。姉さんのようにうまく針を運べないんです。お手伝いはしていましたけど、それは手のかからないやさしい縫い物だけでした」

「ふーん、でも、絵はうまいじゃねえか」

金吾はまた散らばっている画仙紙に目を向けた。

「上手なのか下手なのかわかりません。ただ、好きなんです」

「それじゃ暇潰しに描いているのか……なるほどね。そうは言っても、好きこそもののの何とかって言うじゃねえか。だけどよ、やっぱ稼ぎがよかったんだろう。そこに掛かっている着物だって上等なものじゃねえか。素人のおれにだってそれぐらいわかるんだ」

金吾は衣紋《えもん》掛けに重ね掛けしてある着物を見て言う。この人は何を言いたいのだろうかと、おゆうは少し首をかしげた。

「姉さんの残していったものはどうしたんだ？　なにせいきなり死んだようなもんじゃねえか」

おゆうはうつむいた。姉の死を言われると辛い。

「菓子屋の弥助って倅に貢《みつ》いでいたんじゃねえだろうな」

「まさか、そんなことは……」

ありません、と言うようにおゆうは首を振った。

「それじゃ、どうしたんだ？」

おゆうは金吾をまっすぐ見た。

「いや、他人の懐を心配してもはじまらねえが、ちょいと気になったんで聞いただけだ。悪気があるわけじゃねえよ。そうだ、仕事を探すんだったら、おれも聞いといてやろうか」

金吾は何かを誤魔化すように急に話題を変えた。

「はあ……でも、急ぎませんから……」

「そうかい。でも、食っていかなきゃならねえだろう」

「まあ、それはそうですけれど……」

「いやな思いをして仕事をしていたんだ。すぐにって気にはならねえんだろうな。ま、そりゃそれでいいかもしれねえな」

金吾はそれから愚にもつかない世間話をして帰っていった。

(いったいあの人……)

おゆうは戸に猿《さる》をかけたあとで、胸のうちでつぶやいた。

四

伝次郎はその日は、ゆっくり家を出た。それも昼餉を終えたあとであった。急ぎ調べることがないからでもあり、小市殺しの下手人である加瀬と篠原の行方を知る手掛かりがないからでもあった。

しかし、打てるだけの手は打っている。今朝、粂吉が来たときに、人相書を摺り増しし、探索の助をしてくれる下っ引きに配るように言いつけたのだ。

下っ引きは町の岡っ引きが、自分の手先として使う、いわゆる情報提供者である。

これは一般の町人で、町奉行所の与力や同心さえ知らないことが多い。しかし、探索が難航すると、彼らの協力が思わぬ功を奏することがある。

その下っ引きのことを条吉は知っている。それ故に、伝次郎はその旨《むね》の指図をしたのである。

与茂七は朝から手持ち無沙汰なのか、庭で素振りをしたり、薪割り仕事をしていた。その間、伝次郎は奥の間で横になっていた。もちろん、そうやってあれこれ考えていたのであるが、探索が捗《はかど》らないからといって焦るのは禁物《きんもつ》である。

剣術と同じで、退くときは退く、出るべきときは出るの心得であった。

「与茂七、まいるぞ」

昼飯のあとでゆっくり着替えを終えた伝次郎が、水汲みをしていた与茂七に声をかけると、尻尾を振って喜ぶ飼い犬のようにそばにやってきた。

「何だ、今日は休みなのかと思っていましたよ」

白い歯をこぼして言う。

「滅らず口はいらぬ」

窘《たしな》めると、与茂七はぺろっと舌を出して首をすくめた。

二人は千草が切ってくれた切り火を受けて、川口町《かわぐちちょう》の家を出ると、亀島橋のそばに置いている猪牙舟に乗り込んだ。

「やはり、小潮《こしお》であったか……」

伝次郎は舫いをほどきながらつぶやき、棹をつかんで岸壁を押した。猪牙舟は滑るように川面を進む。川は水面が下がり、岸辺は下がった分だけ乾いていた。

そのまま大川を目指して霊岸橋方面へ向かう。

「旦那、潮のことがわかっていたんですか？　さっき、そんなことを言ったでしょう」

艫《みよし》に近いところに座っている与茂七が顔を振り向けてきた。

「昨夜のうちにわかっていた」

「へっ、そりゃどういうことで……？」

「昨夜は下弦《かげん》の月《つき》だった。だからだ。満月と新月であったなら、大潮《おおしお》になる」

「へえ、そうなんですか……」

与茂七は唇をまるくすぼめて感心する。

「それじゃ上弦《じょうげん》の月ならどうなんです？」

「同じく小潮になる。だが、海は日に二度ほど上げ潮と引き潮にもなる。その差が大きいときを大潮と言う」

「旦那は何でも知ってんですね」

「船頭なら誰でも知っていることだ」

そういう伝次郎も、船頭の師匠だった嘉兵衛《かへえ》に教わったのである。その嘉兵衛が亡くなってもう何年になるだろうかと、川のずっと遠くに視線を飛ばし、たまには墓参りに行かなければならないと思った。

永久橋《えいきゅう》をくぐり抜け、大川の本流に入ると、棹から櫓に持ち替えてゆっくり川を上った。流れが満潮時より速いので、櫓を漕ぐのに力がいるし、思うようには進まない。しかし、荷を積んだひらた舟はもっと遅い。川岸に近いところを喘《あえ》ぎ喘ぎ、坂道を上る牛のような鈍《のろ》さである。

真昼の日射しが川面を照らし、きらきら輝いている。ときどき水面に跳ねる魚が見られた。それを狙っているのか、頭上にいる鳶が静かに舞っていた。

竪川《たてかわ》に入り一ツ目之橋をくぐると、舟を左岸に着けた。

約束の刻限には少し早かったが、河岸道に上がり竹の屋という茶屋に行くと、すでに辰乃一は床几に腰掛け、両手で湯呑みを包むようにして茶を飲んでいた。

「辰乃一」

伝次郎が声をかけると、辰乃一の耳がヒクッと動き、顔を向けてきた。昼間のあかるいところで見ると、以前よりずっと老けていた。眉には白髪が交じり、脂《あぶら》ぎった鼻には新しい疣《いぼ》があった。

伝次郎は隣に並んで座り、茶を注文した。辰乃一は与茂七の気配に気づいたらしく、太い眉を動かした。

「おれの助だ。与茂七と言う」

与茂七が挨拶をすると、辰乃一は早速本題に入った。

「小市のことを調べてみました。殺されたわけはわかりませんが、いずれ検校になれると言われた男です。ですが、そういう出世には目もくれず、揉み療治で人を救いたいという思いが強く、ひっそりと町の片隅で暮らしていた男です」

辰乃一は間を置いて茶を飲んだ。

盲人の互助団体とも言える「当道座」には位階がある。検校を筆頭に、別当《べっとう》・勾《こう》当《とう》・座頭であるが、さらに細かい段階が七十三もある。高利貸を営み、裏社会に顔が利く辰乃一は別当だった。金を積めば出世はできるが、その気をなくしたと、以前、伝次郎に話している。

「腕のいい按摩だったのです。人の恨みを買うような男ではないというのがもっぱらの評判です」

聞き込みでもそんな話を聞いている。

「ただ、目は見えなくても同じ人間です。愚痴や不平もあります。滅多にそんなことは言わなかった男だったようですが、ひとりだけ気を許している者がいるようです」

伝次郎は辰乃一の横顔を見た。

「女房ではありませんが、連れ合いがいたんです」

「それは……」

「明神下の通りに桔梗《ききょう》庵という小料理屋があります。お勢《せい》という女がひとりでやっている店ですが、小市はお勢には気を許していたと聞きました。また、お勢も小市を頼りにしていたと言います。そのお勢は元は『血袴《ちばかま》の兼蔵《かねぞう》』という盗賊の女だったのです」

伝次郎は眉宇をひそめた。昔聞いたような気がするが、すでに兼蔵はこの世の者ではないはずだ。

「血袴の兼蔵……」

「小市はこの世にはいない。何か知っているなら、お勢ではないでしょうか」

「辰乃一、恩に着る。おぬしに借りができたな」

「水臭いことは言わねえでください。ただ、わたしなりに考えたことがあります」

辰乃一は一拍間を置いてつづけた。

「小市と下手人の浪人二人との関わりはわからないんでございましたね」

「そうだ」

「もしや、その二人の浪人が聞かれてはならぬことを、小市が聞いてしまったのかもしれません。座頭は目が見えない分、鼻が利き耳がようございます」

辰乃一はそう言って、大きな眉を上下に動かした。

「そのことを小市がお勢に話しているかもしれないと……」

「それはわからないことですが……」

辰乃一は話せるのはそれだけだと言って、帯に挟んでいた扇子を抜いてあおいだ。

五

「旦那、あの辰乃一という座頭はいったい何者なんです？　高利貸をやっているらしいですが……」

猪牙舟に乗り込むなり与茂七が問うてきた。

「江戸に住む座頭の顔利きだ。だが、やつにもわからぬことがある。だから、惣録屋敷へ行って探ってきてくれたのだ」

伝次郎はそう応じて、河岸道の向こうにある惣録屋敷を眺めた。二千坪近い敷地を持つ役所だ。最古参の検校を惣録と称し、江戸座頭の支配を務めている。屋敷には検校から座頭までの出入りがあり、いろんな情報が集められ、幕府とも通じていて、ときに諸国大名の命運を分かつ情報をもたらすこともあった。

「この世にはおれの知らないことが、まだまだあるってことですね」

「蛇《じゃ》の道は蛇《へび》ということだ。とにかくお勢に会おう」

伝次郎はそのまま竪川から大川に猪牙舟を乗り入れた。

向かうのは明神下の桔梗庵である。

雲が出てきて、日射しを遮《さえぎ》った。あかるかった川にすうっと影が射し、川面が暗くなった。だが、雲が流れると、また日の光が大川をあかるくした。

神田川に入って昌平橋のそばに猪牙舟を舫うと、明神下に足を運んだ。辰乃一はお勢の店・桔梗庵が明神下のどこにあるかは言わなかった。だが、自身番を訪ねれば、すぐにその場所はわかった。

神田旅籠町《はたごちょう》二丁目にあったのだ。表通りから脇道に入ったところにあり、間口九尺（約二・七メートル）、奥行き三間（約五・五メートル）という小さな店だ。

商いは昼間はやっていないらしく、表戸は閉められていた。近所でお勢の住まいを聞くと、店のすぐ裏にある長屋住まいだというのがわかった。

しかし、長屋を訪ねてもお勢の家の戸は閉まっていた。

「あら、お勢さんなら、いま遊山《ゆさん》旅ですよ」

近くの家から出てきた女房に訊ねるとそんなことを言う。

「遊山旅……」

伝次郎は手拭いを姉さん被りにしている女房を見る。

「へえ、大山《おおやま》に行ってくると言っていました。でも、そろそろ帰ってくるんじゃないかしら。何かあの人が……」

女房は初めて、目に警戒の色を浮かべた。

「訊ねたいことがあるのだ。それで、いつ旅に出たのだね？」

「半月ほど前でしたか、あの人のいい人が亡くなってしまい。供養すると言っていました」

「亡くなったというのは……」

そう聞くと、女房はあきれたという顔で、ひょいと首をすくめた。

「小市という揉み療治をやってる人だったんです。人ってわからないものですね。お勢さんはもう年だけど、目の見えない人を……」

女房はそれ以上言えば悪口になると思ったのか、口をつぐんだ。

「ついでだが、これを見てくれ」

伝次郎は女房に加瀬と篠原の人相書を見せた。

「この二人がお勢を訪ねてきたようなことはなかっただろうか？」

女房は人相書に目を凝らしていたが、侍が来たことは一度もないと、はっきり言った。

伝次郎は与茂七に顔を向けて、出直そうと言った。

「何か言付けがあるなら預かりますよ」

別れ際に女房は親切なことを言ったが、伝次郎はまた訪ねてくると言って長屋を出た。

「やっぱり小市はお勢といい仲だったんですね」

表の通りに出たところで与茂七が言った。

「大山まで供養しに行くほどだからな」

そう答える伝次郎はお勢の帰りを待たなければならないが、それは三日だろうか、それとももっと先だろうかと、ぼんやり考えた。小市とお勢が腹を割って話せる仲だったなら、お勢は小市がなぜ殺されなければならなかったかを知っているかもしれない。お勢が気づかなくても、小市がそれらしきことを話している可能性はある。

それが、加瀬と篠原を捕縛する手掛かりになるかもしれない。そして、その二人は江戸にいることがはっきりしている。

「旦那、どうするんです？」

伝次郎は黙って歩いた。探索の手掛かりをなくしているので、すぐに答えることはできない。

「山田屋の全蔵はどこに行っちまったんでしょうね」

猪牙舟に乗り込んでから与茂七が、ぽつんとつぶやいた。

舫いをほどいたばかりの伝次郎は、そのまま艫板《ともいた》に腰を下ろした。

「それも気にはなっているが、全蔵が加瀬と篠原の行方を知っているとは思えぬ。全蔵が家移りしたあとで、加瀬と篠原は長屋を訪ねているんだ」

「そうでしたが……なんで逃げるように家を移ったのか、おれにはそれがわからないんです」

「おそらく……」

伝次郎は遠くの空に浮かぶ雲を眺めた。

「おそらく、なんです？」

「全蔵はおゆきと通じていたことを種に加瀬と篠原に強請られていた。金の工面に困っていたはずだ。そして、加瀬と篠原は強引な取立てをしようとしたが、その日はあきらめるしかなかった。その帰り道、二人は和泉橋で会った小市を斬り殺して逃げた。下手人はすぐに加瀬と篠原だとわかった。そのことを知った全蔵はふるえあがったに違いない。おそらく生きた心地がしなかっただろう。金を工面しなければ、加瀬と篠原に殺されると思った」

「だから何もかも放り投げて逃げたと……」

「まったくそうだとは言わぬが、なきにしもあらずだ」

与茂七はふーんと、わかったようなわかっていないような顔をしてうなずき、

「それで、どうします？」

と、再度問うてきた。

「とりあえず今日は引きあげよう。いまは条吉の手配りが頼りだ」

伝次郎は棹をつかむと、岸壁を押して、そのまま昌平橋を離れた。

六

大川に注ぐ竪川の河口から東へ進むと、四ツ目之橋《よつめのはし》が架かっている。その橋の近くに北松代町裏町《きたまつしろちょううらまち》があり、その町屋の北側は亀戸《かめいど》村の百姓地である。

加瀬と篠原はその村にあるあばら家にいた。元は百姓の家だが、いまは主のない空き家となっていた。傷んだ屋根は斜めに傾き、葺《ふ》いてある茅《かや》もところどころが剝《は》げ落ち、夜になれば星を見ることができた。板壁は至る所が腐っているし、剝がれていた。土壁も同じように剝がれ、木舞《こまい》がのぞいていた。雨漏りはするし、隙間風があちこちから入ってくる。

それでも夜露をしのげる場所であった。

「こんなところに……こういうのを都落ちというのだろうな」

加瀬は自嘲《じちょう》の笑みを浮かべて、焼いた鰑《するめ》をかじり、どぶろくを飲んだ。

「なぜここに来たかわかるか？」

篠原が浅黒い顔を向けてくる。板壁の隙間をすり抜けてきた細い光がその顔に筋を作っていた。

「きさまがここでいいだろうと言うからだ」

「考えがあってのことだ。おれたちは町方に手配りされている。だが、ここは御番所の手の及ばぬところだ」

加瀬は四角い顔にある眉を動かし、少し目を見開いた。

「まことに……」

「ああ、ここは墨引《すみび》きの外だ。町方は手を出すことができぬ。さりながら、近くには町屋があるので買い物には不自由することがない」

江戸の地図には墨で引かれた地域がある。俗に墨引き地と称し、その内側が町奉行所の管轄で、その外側の朱引きされた地域が、江戸府内とされている。墨引き地と朱引地の間は代官領となっていた。

「買い物に不自由しないと言うが、先立つものがあっての話ではないか」

加瀬はどぶろくを嘗めた。ほんとうなら下り酒を飲みたいが、いまは贅沢を言えない落ちぶれぶりだ。

「もう一度、おゆきと話をするか……」

加瀬の言葉に篠原がさっと顔を向けてきた。

「それはいかぬ。あきらめるしかない」

「何故」

「おぬしは相変わらず気のまわらぬ男だ。千吉というケチな掏摸を雇ったときのことを忘れたのか。千吉は町方に追われたと考えたほうがよい。つまり、おゆきはおれたちを出し抜くために町方に知らせたのだ。でなければ、あんなことにはならなかった」

加瀬は風に揺れる破れた障子紙を眺めてから、篠原を見た。

「あのとき、おゆきはどうした？」

「わからぬ。千吉はおゆきから掏った金をそっくり持ち逃げするつもりだったのだ。だから逃げた千吉ばかりを見ていた。おぬしはおゆきを見ていなかったのか？」

加瀬は首を横に振った。篠原と同じでおゆきには目もくれず、逃げた千吉と追いかける二人の男ばかりを見ていた。

「それから逃げる千吉を追う二人の男のあとで、ひとりの侍が橋を駆けわたっていった。いま考えると、あれは町方だったのではないかと思うのだ」

「うむ。そう言われると、そんな気もする」

夕闇の漂う時分だったので、加瀬ははっきりとは覚えていない。逃げる千吉を見て、裏切りやがったと、腹立たしく思っていたせいでもある。

「仕官もできず、食うに食えなくなり、挙げ句、御番所に手配りされる身になるとは……」

篠原は「はあ」と、ため息をついて言葉を足した。

「きさまがあの座頭さえ殺《あや》めなければ……」

加瀬はそう言った篠原をにらんだ。

「きさま、おれが何もかも悪いと申すか」

「殺すからだ」

「あのときはしかたなかったのだ。そうではないか」

加瀬は鼻息荒く言って目をぎらつかせた。

同時に、座頭を斬ったときのことが脳裏に浮かんだ。

抜き様の一刀で首の付け根を斬られた座頭は、血飛沫《ちしぶき》をあげて地に倒れた。

「それでどうする? こんなところにいつまでもいるわけにはいかぬぞ」

加瀬は篠原の声で、我に返った。

「わかっている。だが、行くところがない。市中に戻れば、町方の目があるではないか」

加瀬は篠原を見る。こういったとき、小賢《こざか》しい知恵をはたらかせるのは篠原である。

「もはや江戸を離れるしかなかろう」

「離れてどこへ行く？　あてはあるのか？」

「房州《ぼうしゅう》あたりはどうだ……。ちょっとした町はあるはずだ。ほとぼりが冷めるまで在で暮らす」

「在に行くにしても金はいかがする？　旅をするには路銀《ろぎん》がいるのだ。それに在に行っても生計を立てられるかどうかわからぬ」

「剣術指南なら何とかなる」

「おれたちの教えを請うやつがいるかどうか……」

「行ってみなければわからぬだろう。いまここで何もかも否んだら先へは進めぬ。路銀は稼ぐしかない」

加瀬はじっと篠原の浅黒い顔を見た。

「また強請《ゆすり》をやると……」

「他によい考えなどないであろう」

加瀬は目の前を飛ぶ、一匹の蝿《はえ》を黙って追った。板壁の隙間から射し入る日の光が長くなっていた。

「……どこでやる？」

加瀬は篠原に目を向け直した。

「日が暮れたら両国のほうへ足を延ばそう。途中の町屋で金を持っていそうな、めぼしいやつに出会えるかもしれぬ」

「いまさら人のことは言えぬが、おぬしも悪になったものよ」

「ひとつ罪を犯せば、さらにひとつ罪を犯すしかないというのがわかった。だが、もうあとには引けぬ」

篠原はいたって真面目顔で答えた。

「承知した。やるしかないだろう」

加瀬は欠け茶碗に残っていたどぶろくをひと息に飲みほした。

七

愛宕山《あたごやま》からの帰りだった。家を出たのが遅かったので、帰りもついつい遅くなり、芝口橋《しばぐち》をわたったときには、すっかり日が暮れてしまった。

帰っても誰かが待っているわけではないから急ぐ必要はなかったが、それでもおゆうの足は自然に速くなっていた。

愛宕山に行ったのは気紛《きまぐ》れでしかなかった。しかし、ときどき姉のおもんと連れだって行ったことがあるせいかもしれない。姉は愛宕山から見える景色が好きだった。

そう高い山ではないけれど、眼下の大名屋敷や町屋の向こうに光る海を見ることができた。何とも心の落ち着く場所だと、姉は行く度に同じことを言っていた。

おゆうも山の上から見る景色は好きだったが、それよりも四季折々の草花に出会うのが楽しみだった。しかし、その日はこれといった花を愛でることはできなかった。

深緑の葉を茂らした欅《けやき》や楠《くすのき》、あるいは銀杏《いちょう》があるだけで、坂道の途中で彼岸花や萩の花を眺めただけだ。暗くなった尾張町《おわりちょう》の通りを歩きながら、ふと思ったことがある。

(蓮《はす》の花を見たい)

もうその季節ではないのはわかっている。でも、不忍池《しのばずのいけ》にはまだ残っているかもしれないと思った。

(明日、行ってみようかしら)

そんなことを考えると、何だか楽しくなった。

もちろん、この先のことも考えなければならない。いつまでも遊んで暮らしてはいけないことはわかっている。だけれど、おゆうには心のゆとりがあった。

ゆとりを持てるのは、姉の残した金があるからだというのもわかっていた。しかし、手をつけるつもりはない。使うのは、ほんとうに窮したときだと心にも決めている。

提灯を提げて歩く人が増えていた。居酒屋や小料理屋のあかりが通りに点々とついており、店の前をあわく照らしていた。提灯を持たないで歩く人は黒い影となっている。満天には星が散らばり、月も浮かんでいるので、目が闇に慣れれば何とか転ばないで歩くことができた。

新両替町《しんりょうがえちょう》を過ぎ京橋《きょうばし》をわたると、南伝馬町一丁目まで来て右の道に折れた。自分の長屋のある正木町の通りだ。その道にも居酒屋や料理屋のあかりが見られた。酔った人の声や話し声が店から漏れ聞こえてきた。

おゆうは自分の長屋の木戸口を入った。長屋の家はどこも戸を開け放してあり、路地には竈から出る煙が漂っていた。赤ん坊のぐずる声や元気のいいおかみの小言、そして酒癖の悪い職人のだみ声も聞こえてきた。

まっ暗な自分の家に入ったとたん、おゆうは異変を感じた。なにも変わった様子はないが、何かがいつもと違う。急いで行灯を点して啞然《あぜん》となった。

（泥棒……）

自分の着物や姉の残した着物は衣紋掛けにあるが、柳行李《やなぎごうり》の蓋が開けられ漁《あさ》られている。おゆうは息を吞んだ。上げられた畳を見、外された板に気づき、顔が凍りついた。

（ない！）

床下に隠していた壺が消えていた。

「だ、誰が……」

思わずつぶやいて狭い家のなかをぐるりと眺めた。まさかと思いながら金吾の顔を思い出した。

さっと立ちあがると、履《は》き物も履かずに家を飛び出し、金吾の家に向かった。腰

高障子は閉められていたが、たたきながら、

「金吾さん、金吾さん」

と、声をかけた。返事はない。

「あの人ならまだ帰っちゃいないよ」

井戸端から戻ってくるおかみがそんなことを言った。

「ずいぶん慌ててるけど、何かあったのかい？」

「いえ、何でもありません」

おゆうは小さく会釈をすると、そのまま長屋を飛び出した。暗い道を走りながら、
裾前の乱れるのもかまわず、金吾の勤め先である宝湯に行った。

「すみません、風呂焚きの金吾さんはいらっしゃいますか？」

女湯に飛び込むなり、番台に座っていた年増女に訊ねた。

「金吾、しょうもないね、あの男は」

番台の年増はちっと舌打ちをして、額に貼っている頭痛膏《こう》を押さえた。

「金吾さんはどこにいます？」

「いないよ。今朝は出てこなかったんだ。昼過ぎにでも出てくるだろうと思ったが、

姿形もあらわしゃしない。どこにいるかこっちが知りたいぐらいだよ。おかげで朝からてんてこ舞いなんだから」

「いないって、どこへ行ったかわからないんですか？」

「わかってりゃ世話ないよ。いったいどうしたって言うんだい」

おゆうはそのまま表に出た。あちこちに視線を飛ばし、楓川沿いの河岸道に出た。そこでも忙しく視線をめぐらした。

ひょっとしたら金吾が長屋に戻っているかもしれないと思った。それはかすかな希望でしかなかったが、じっとしておれなくなった。

おゆうは自分の長屋へ駆けた。喉がからからになっていた。心《しん》の臓《ぞう》が激しく脈打ってもいた。

木戸口から路地に飛び込む前に、誰かに声をかけられたような気がしたが、そのまま家のなかに入った。金吾はいなかった。そして、家のなかも荒らされたままだった。

おゆうは悄然《しょうぜん》と三和土に佇《たたず》み、どうすればいいのだろうか、どうやって泥棒を見つければいいのだろうかと考えた。うまく考えがまとまらず頭が混乱していた。

とにかくとんでもないことになったと思うと、血の気が引き、いまにも倒れそうになった。

「どうしたんだい？」

突然、背後からかけられた声に、おゆうは心底びっくりして振り返った。

第五章　待ち人

一

条吉はおゆうに声をかけたが、幽霊にでも出会ったような顔を向けてきた。

「裸足《はだし》で走っていただろう。ずいぶんな慌てようだった。何かあったのかい？」

「あ、あの……」

「なんだい？」

おゆうは生唾を呑み、胸を抱くように両腕を体に巻きつけた。裸足のまま三和土に立っている。

「おれのことを覚えていねえか？」

おゆうはかぶりを振った。覚えていますと、蚊の鳴くような声を漏らし、

「ど、泥棒に入られたんです」

粂吉は眉宇をひそめた。

「いつだ？」

「わかりません。でも、大事なものが盗まれました」

「大事なものって何だ？　ま、いい。ちょいと家のなかを見せてくれ」

粂吉は断って家のなかに入った。畳が上げられ、柳行李がひっくり返されている。花の絵が描かれた画仙紙が散乱している。

粂吉は居間に上がって、柳行李を整え直した。上げられた畳の下は板敷きで、数枚の板が外されている。暗い床下の地面があるだけで、そこには何もなかった。

「大事なものと言ったが、盗まれたのは何だ？」

「姉さんが貯めていたお金です。壺に入れて、その床下に隠していたんです。でも、ありません」

おゆうは泣きそうな顔で言った。

「壺にはいくら入っていた？」

「……五十両ぐらい」

粂吉は目をみはった。

「大金じゃねえか。盗人に心あたりは……」

おゆうは少し躊躇《ためら》ってから答えた。

「この長屋の奥に住む金吾さんではないかと。宝湯の風呂焚きをしている人です。宝湯に行って聞いたら、金吾さんは今朝から来ていないと言われました」

「金吾は家にもいないのか……」

「さっきはいませんでした」

粂吉は土間に下りると、表に出て、金吾の家はどこだと聞いた。

「一番奥の家です。厠に近いところの……」

粂吉は金吾の家の戸口に立った。腰高障子は閉められたままで、あかりもなければ人のいる気配もない。試しに戸に手をかけると、スルスルと開いた。

「おい、いるのか……」

聞くまでもなかったが、声をかけた。家のなかは暗く、誰もいない。調度は少なく、衣紋掛けに半纏《はんてん》が掛けられていた。履き物は下駄が一揃いで、他にはなかった。

「いないな。金吾は宝湯の風呂焚きだと言ったな」

条吉はついてきたおゆうを振り返った。おゆうはそうだとうなずいた。

「ちょいと話を聞かせてくれるか」

条吉はそう言って、おゆうの家に戻った。なぜ、盗人が金吾だと思うと聞くと、

「ときどきこの家に遊びに来ていたんです。薪をくれたり、饅頭を持ってきたり……親切な人だと思っていました」

「……それで」

条吉はおゆうを眺める。華奢な体つきで、小心な顔をしている。それに合わせたように声も小さい。

「武蔵屋をやめたのも、金吾さんが我慢していやなところに勤めることはないと言うので、わたしは店をやめたんです」

「いまは仕事をしていないのか」

おゆうは「はい」とうなずいてから、また話した。口下手らしく、その話は途切れ途切れであったが、条吉はなんとなく金吾の魂胆《こんたん》を理解した。

「すると、金吾はおまえの姉さんのことをあれこれ聞いて、金を残してあると目を

つけたのかもしれねえな。だが、その金の在処《ありか》は教えなかったんだな」

「もちろんです。わたしはずっとあのお金には手をつけてはいけないと思っていました。自分で暮らしを立てられるようになったときに、お金を活かすことを考えようと思っていたんです」

「まあ、だいたいわかった。だが、まだ金吾が盗んだとはっきり決めつけることはできねえ」

おゆうは意外そうな顔をした。

「まあ、大方《おおかた》金吾の仕業《しわざ》だろうが、もう少し調べてみよう」

「お金を取り返せるでしょうか」

おゆうはすがるような目で粂吉を見た。

「取り返さなきゃ困るだろう」

おゆうはコクンとうなずく。

粂吉はいかにも頼りなげなおゆうを短く見つめて立ちあがった。

「また、明日訪ねてくる。何としてでも金吾を捜して、金を取り返してやる」

「お願いいたします」

おゆうは深々と頭を下げた。

長屋を出た象吉はその足で宝湯に向かった。おゆうの哀しそうな顔が脳裏に浮かぶ。何とか力になってやりたい。心の底からそう思った。

宝湯で金吾のことを聞くと、おゆうから聞いたことと同じようなことを言われた。やはり、今朝から金吾は仕事に出ていなかった。

するとおゆうが昼間出かけたのを見計らって、盗みに入り、金の入った壺を見つけて逃げたと考えるしかない。

だが、今夜のうちに長屋に戻ってくるかもしれない。もっとも、金吾が盗んでいなければの話だ。盗んだ張本人なら、行方をくらまして長屋にも宝湯にも戻らないだろう。なにせ五十両の金を持っているのだ。

五十両あれば、五人家族がなに不自由なく三年は暮らせる。小さな店ならその元手にもなる。とにかく大金である。

条吉は自分の長屋に入る手前で立ち止まり、星のまたたく空に目を向け、唇を引き結んだ。

二

翌朝早く、粂吉は一度おゆうの長屋へ行き、金吾の所在をたしかめた。やはり家には戻っていないというのがわかった。

おゆうに声をかけようと思ったが、そのまま伝次郎の家に足を向けた。やらなければならないことはあるし、昨日の探索の結果も知りたかった。

亀島橋まで来て下を見ると、与茂七が伝次郎の舟に乗り込んで、舟底にたまっている淦《あか》を掬《すく》い出していた。

「与茂七……」

声をかけると、与茂七がひょいと顔をあげた。

「粂さん、おはようございます。早いですね」

「昨日はどうだった。何かわかったか？」

「これといったことはわかってません。ただ、小市が懇《ねんご》ろにしていた女がわかったんで、何か知っているかもしれません」

「まあどういう間柄かわかりませんが、会って話を聞かなきゃなりません」

するとその女には会っていないということだ。

「小市の女か？」

「旦那は家にいるんだな」

「へえ、いますよ」

粂吉はそのまま行きかけて立ち止まった。おゆうのことを話そうかと思ったが、やはりいまはいいと自分に言い聞かせ、伝次郎の家を訪ねた。玄関に立つと、奥にいた千草が気づき、気さくに声をかけてきた。

「早いのにご苦労様です。朝餉がまだだったら食べていかない？」

「へえ、ありがとう存じます。その前に旦那に用があるんです」

そう言った矢先に、伝次郎が寝間着姿でそばの座敷にあらわれた。

「早いな。まあ、あがりな」

粂吉はうながされるまま座敷にあがって伝次郎と向かい合った。どっしりと構えて座る伝次郎の前に来ると、なぜか粂吉は安心感を覚える。ときどき、どうしてこの人はこうも頼もしいのだろうかと思うことがある。

「首尾はどうだ？」

伝次郎は柔和な笑みを口の端に浮かべて聞いた。

「へえ。昨日は浅草と神田、それから上野へ行って手配りをしてきやした。今日は本所と深川に行くつもりです」

「ご苦労だな。おれたちのほうは手詰まりになった」

「手掛かりが見つからないんで……。さっき与茂七に会って、小市に女がいたようなことを聞きましたが……」

「うむ、明神下で小料理屋をやっているお勢という女だ。だが、いまはいない。なんでも大山詣でをしているらしいのだ。そろそろ帰ってくる頃だと聞いたが、それがいつかはわからぬ。こうなったら果報は寝て待てだ」

「旦那にしてはめずらしいことをおっしゃる」

「焦ってもしかたないこともある。おまえの手配りにも期するものがあるしな」

「何か引っかかってくれればいいんですが……」

条吉はそう言ったあとで、おゆうのことを相談しようかと少し迷った。しかし、これは余計なことだ。旦那はいま手いっぱいの仕事をなさっている。のんきな顔をされているが、そのじつあらゆることに考えをめぐらされている。粂吉にはそのことがわかっている。いまの探索の邪魔をしてはいけないという思いがあり、やはり黙っていることにした。

「どうした？　何かあるのか？」

伝次郎は勘がいいから、すぐに聞いてきた。

「いえ、何でもありません。それじゃ、あっしは早速出かけてくることにします」

「待て待て……」

すぐに伝次郎が声をかけて立ちあがった。そして寝間に行って戻ってくると、

「おぬしの手配りは大事な仕事だ。たまには精をつけろ」

と、言って心付けをわたしてくれた。

拒んでも無駄なのはわかっているので、粂吉はありがたく頂戴した。

「粂さん、ほんとうに朝餉はいいの？」

玄関に行ったところで、また千草が気にかけてくれた。

「どうぞお気遣いなく。飯は途中で適当にやりますんで。それにいまは腹は空いていませんので……」

「遠慮はいらないのよ」

「へえ、わかっていやす」

ちょこんと頭を下げて玄関を出ると、また千草が声をかけてきた。

「粂さん、大変だけどよろしくね」

朝の光を受けた千草がにっこり微笑んだ。何とも人を勇気づける魅力ある笑顔だった。粂吉はえもいえぬ嬉しさを覚え、いい人の下ではたらいている幸せを感じた。

深川に向かいながら、おゆうのことを考えた。五十両という大金を盗まれた可哀想な女だ。それは死んだ姉が残したものである。

粂吉は町奉行所に訴えを出すべきではないかと、昨夜悩んだ。しかし、外役《そとやく》の与力や同心が人の手を借りたいほど忙しいことを知っている。訴えを出せば話は聞いてくれるだろうが、ほんとうにおゆうが五十両という大金を持っていたかどうか、それをまずは調べられるだろう。

そのとき、おゆうはその金のことをどう説明するだろうか？　誰も知らない金である。持っていたと言うのはおゆうだけだ。また、盗人が金吾だと決めつけるものもない。

おゆうが訴えても受理されない恐れがあると思った。ならば、おれが何とかしてやりたい。粂吉がそう思うのは、おゆうの姉・おもんと紫屋弥助の無理心中事件に少なからず関わったからだ。

船宿鈴木屋の跡取り与一郎といっしょになることが決まっていたおもんは、弥助に殺されたようなものだった。また、おもんの死を嘆き悲しむおゆうを、そばで見たときのことが忘れられない。他人事ながら胸が張り裂けるような息苦しさを覚えた。

――姉さんの分もしっかり生きるんだぜ。

言葉にはしなかったが、華奢な体をふるわせて泣きむせぶおゆうの背中に語りかけたことがあった。

そのおゆうの小さな背中を見たとき「まさか」と思った。そこに幼い頃に生き別れた妹の姿が重なったのだ。

ひどい扱いをする養家から逃げる粂吉に、妹は自分も連れて行ってくれとすがりついてきた。だが、粂吉はおまえを連れて行くことはできないと振り払った。妹はくずおれて泣いていた。

「兄ちゃんと行きたい、兄ちゃんといっしょにいたい……」

あのときのことはいまも心の片隅に残っている。いま妹がどこで何をしているのか、生きているのか死んでいるのかわからない。

心中事件の始末がつき、おゆうと妹の姿が重なった記憶は薄れていたが、先日偶然おゆうを見かけて声をかけたことで、また気にするようになり、昨夜は人目も憚《はばか》らず裸足で取り乱しているおゆうを見て黙っていられなくなった。

（いけねえ、とにかくやることをやらなきゃ……）

はたと我に返った条吉は、急ぎ足で永代橋《えいたい》をわたった。

三

おゆうはぽつねんと長屋の家に座っていた。

起きてすぐ金吾の家を訪ねたが、やはり留守だった。

腰高障子にあたっていた日が翳《かげ》り、それに合わせて家のなかも暗くなった。昨夜はよく眠れなかった。眠ろうとすれば金吾の顔が脳裏に浮かび、目を開けて暗い天井を凝視した。

金吾が初めて訪ねてきたときからのことを何度も思い出した。色の黒い煤けた顔と油断のならない小さな目。見た目の印象が悪かったので、何か下心があるのではないかと警戒したけれど、親切を受けるうちに、この人はいい人だと思うようになった。

ただ、御物師だった姉のことを穿鑿《せんさく》されたとき、自分が金を持っていることを知っているのではないかと感じたことがある。

だから、行李のなかに入れていた金壺を床下に隠した。それは正しいことだったけれど、金吾に見つけられた。

おゆうはふうと、大きなため息を漏らし、がっくり肩を落とし、畳の目を数えるように見つめた。

手持ちの金はもういくらもない。金吾の助言に背中を押されるようにして武蔵屋をやめたが、それは姉の残した金があったからだ。しばらくはたらかなくても何とかなるというゆとりが心の内にあったのだ。

でも、その金はもうない。粂吉という町方の手先は取り戻すと言ってくれているが、それをあてにしてはいけないような気がする。金吾が見つかって金を取り返せたとしても、それは全額ではないだろう。

(はたらかなくちゃ……)

おゆうは顔を上げて、またあかるくなった腰高障子を見た。口入屋に行って相談しなければならない。

そう思うが、腰は重かった。


伝次郎は川口町の自宅座敷で、ごろりと横になり、空を流れる雲を眺めていた。風が少し強くなり、雲の流れも速くなっている。

(雨が降るな……)

雲行きを見れば何となくわかる。

探索は行き詰まったままだが、こんなときに焦っても無駄な動きをするだけだというのは長年の経験でわかっている。

だから、伝次郎はこれまでの調べに見落としはないかと考えているのだった。最初に調べをしていた本多長十郎も見落としていることがあった。伝次郎はそれに気づいて調べを進めてきたが、小市殺しの下手人捜しにつながる手掛かりが、途中で切れた。

(何を見落としているのだ)

これまでの記憶をなぞっていく。聞き込みで聞いた話をひとつひとつ思い出し、大事なことを聞き逃してはいないだろうかと考えもする。

煙草盆《たばこ》を引き寄せ、胡座《あぐら》をかいて座り、煙管に刻みを詰めて火をつけた。すぱっと吸いつけて紫煙を吐く。

「あなた、仕入れに行ってそのまま店に行きますけど、夕餉はどうしましょう? 店のほうに見えますか……」

千草が座敷口から声をかけてきた。

「そうだな。何もなければ、たまにはそなたの店に行くか。与茂七もそうしたほうが喜ぶからな」

「承知しました。では、それなりのものを用意しておきましょう」

千草はふっと笑みを浮かべて玄関に向かった。

「千草、傘を持っていったほうがよい。どうも一雨来そうだ」

伝次郎が声をかけると、わかりましたという声が返ってきた。

(降らなければよいが……)

伝次郎は内心で独りごち、空に目を向けたまま煙管を灰吹きに打ちつけた。

出かけていた与茂七が戻ってきたのは、それから一刻《いっとき》(二時間)ほどたってからだった。

「まだ帰っていませんでした」

与茂七は戻ってくるなり報告した。

お勢の家に行ってきたのだ。

「そうか、まだ戻ってこないか」

伝次郎はのんびりした顔で空を眺める。雨雲が張り出していた。

「まさか、戻ってこないなんてことないでしょうね」

「なぜそう思う?」

伝次郎は与茂七を見た。

「なんとなくですが、お勢は血袴の兼蔵という盗賊の頭の女でしたね。兼蔵という盗人がどんな野郎か知りませんが、悪党じゃないですか。そんな悪党の女だったんです。ひょっとすると、小市と別れたくて、加瀬と篠原に殺しを頼んでいたんじゃねえかと、そんなことを考えたんです」

「何故、お勢は小市を殺さなければならなかったのだ？」

「それは……小市がたんまり金を持っていたとか、縁切りしたいのに小市がしつこかったとか、あるいはひどいことをされていたとか……」

「なるほど。いろいろと推量することはよいことだ」

「あれ、だめですか……」

与茂七は目をしばたたく。

「だめではない」

「旦那は、だめだみたいな顔をしましたよ」

「さようか。もし、お勢と、加瀬と篠原がつながっていれば、お勢の長屋にも二人は出入りしていたはずだ」

「そうか……」

「だからといっておまえの推量を否むわけではない。明日にでもお勢の贔屓の客を調べ、加瀬と篠原の人相書を見せてこい。もし、例の二人がお勢の店に顔を出していたならば、詳しい調べをしなければならぬ」

「承知しやした」

与茂七は破顔《はがん》した。

「今夜は千草の店で飯でも食おう」

「喜んでお供いたします!」

現金な与茂七はさも嬉しそうに白い歯をこぼした。

そのとき、ぱらぱらっと庭木の枝葉をたたく雨が降ってきた。

四

「そっちにもだ」

屋根から落ちてくる雨漏りを防ぐために、加瀬と篠原はてんやわんやしていた。

「もう雨を受ける皿も丼もない」

あきれ顔で篠原が首を振って胡座《あぐら》をかいた。

二人が置いた丼や皿に、屋根から落ちてくる雨のしずくが、ぴちゃぴちゃと音を立てている。いずれ溢れるに違いない。

「無駄なことだな」

篠原は柱にもたれてため息をついた。

「いつまでこんなあばら家にいるつもりだ。おれはもうたくさんだ」

気短な加瀬は手に持っていた欠け茶碗を投げた。それは崩れかけた壁にあたり、音を立てて割れた。

「短気を起こしてもどうにもならぬ」

「どうにもならぬが、どうにかしなければならぬのだ。思いどおりに金は稼げないわ、食うものもろくに食えず、好きな酒も飲めぬ。おまけに路銀稼ぎはままならぬ。まさに踏んだり蹴ったりではないか。こういうことになったのは、そもそもきさまが妙な考えを起こしたからではないか」

加瀬は鼻をふくらまして篠原をにらむ。

「おれのせいにするな。おぬしはあのとき止めなかった。止めもせずに善人ぶったことをのたまうな、たわけがッ」

「なにをッ」

加瀬は目を剝いた。

そのとき、強い風が家のなかに吹き込んできた。

「落ち着け。ここで仲間割れもなかろう。これまでいっしょにやってきたのだ」

加瀬は不満たらたらだが、篠原に八つ当たりしてもいまの状況が好転するとは思えない。腹のうちには行き場のない憤怒《ふんぬ》はあるが、よくよく考えれば至らぬおのれのせいだというのはわかっている。だが、いまさら後悔してもあとには戻れない。

「どうする、今夜も金のありそうなやつを強請るか。金を作るにはやるしかないというのはわかっているが、昨夜はうまくいかなかった」

加瀬は気を静めてから言った。

昨夜は竪川の河岸道沿いにある町屋を流し歩き、金を持っていそうな町人を脅した。刀で脅すと相手はふるえあがって、素直に財布を出してくれたが、それにはいくらも入っていなかった。

二人で飯を食い、安酒を買ったら、もうそれでなくなった。

「やるしかなかろう。他に道はないのだ」

篠原は細い目をぼんやりと表に向けた。雨が斜線を引いたように降っている。

「雨がやまなければ、出かけるのが億劫《おっくう》になるな」

「雨だから〝稼ぎ〟をやめると申すか……」

加瀬は篠原に言った。

「いやいや、ものは考えようだ。雨でも人は飲みに出かけるし、遊びにも行く。雨ならかえってこっちの顔が見られずにすむ。傘で顔を隠すこともできる」

「たしかに……」

加瀬は目を光らせてうなずく。やはり、篠原は自分より思慮《しりょ》深いと感心する。

「日が暮れたら流し歩いてみよう。この雨降りだ。少し足を延ばして両国あたりまで行ってみるか。あそこは夜でも人出は少なくなかろう」

「だが、傘はどうする？　おれたちは持っておらぬぞ。それとも、この家にあるか……」

加瀬は薄暗い家のなかに視線をめぐらした。

「探してみよう」

篠原が腰をあげたので、加瀬もいっしょに傘を探すことにした。

粂吉がおゆうの家を訪ねると、少し驚き顔におびえを交え、そして期待を目に浮かべた。

「まだ何もわかっちゃいない」

粂吉は戸口の前で傘を閉じた。

「濡れます。入ってください」

「すまねえ」

粂吉は敷居をまたいで三和土に立った。庇《ひさし》から雨が落ちている。屋根をたたく雨音以外は静かだ。

「……見つからなかったのですね」

「今日のところは……」

粂吉は首を振って上がり框《かまち》に腰を下ろした。

「盗まれた金は壺に入っていたのだな。それはどんな壺だった？」

「黒い壺で白い斑《まだら》模様が入っていました。大きさはこのぐらいです」

おゆうは壺の大きさを両手で描くようにした。

「そこの鉄瓶より二回りほど大きいぐらいか……」

条吉は竈の上に置かれている鉄瓶を見て聞いた。

「もう少し大きいと思います。あ、いまお茶を淹れます」

「かまわないでいい。それより、金吾は戻っていないんだな」

「さっきも見に行きましたが、いませんでした」

こうなると、金を盗んだのは金吾と考えて間違いないだろう。

「それで金吾のことだが、どれだけやつのことを知っている？　やつは自分のことを話していないか？」

おゆうは考えるように視線を動かしてから答えた。

それは、金吾が武蔵国忍城に近い小針村の百姓の出だったこと、江戸に出てきて浅草の小間物屋に奉公したが、嫌気がさして郷里に戻ったことなどだった。

「田舎に戻ったが、また江戸に来て風呂焚きになったと……」

「ええ、田舎に帰ったけれど、家を継いだ弟さんに追い出されたと言っていました」

条吉は少し考えてから、おゆうに顔を戻した。

「浅草の何という小間物屋か聞いていねえか？」

おゆうは首を振った。

「そうか。この長屋の大家は勘蔵《かんぞう》と言うらしいが、どこに住んでいるか知っているか？」

「隣の、南鞘町《みなみさやちょう》にお住まいです。万屋《よろず》という生薬《きぐすり》屋の隣がそうです」

条吉もすぐ近くに住んでいるので、万屋はすぐにわかった。

「金吾の請人が誰かは知らないだろうな」

「はい、それはわかりません。でも、なぜそんなことを……」

おゆうは当初会ったときより、ちゃんと受け答えするようになっている。おそらく心を開いてくれたのだろう。

「家を借りるときには請人を立てるだろう。おまえさんもそうしたはずだ。請人は、店借り人の身内か、身許のはっきりしている者でなきゃならねえ。請人がわかれば、金吾のことが少なからずわかるはずだ」

「はあ……」

「とにかく大家に会って事情を話して金吾のことを聞いてみよう。奉公していたという浅草の店も、それでわかるはずだ」

「お世話になります」

おゆうは申しわけなさそうに頭を下げた。

「それから、金吾の友達というか知り合いが、この長屋に来たことはないか?」

「それはわかりません。でも、あの人は友達の話などしませんでした」

「そうか。ま、いい。とにかく金吾をとっ捕まえなきゃならねえ。明日はまた捜してみるから、辛抱して待っていてくれ。それで、仕事はどうするんだ? 金を盗まれたとあっちゃあ困ってるんじゃねえか」

「……考えています」

粂吉は短く見つめてから立ちあがった。

「もし、困ってるんだったら遠慮なく言ってくれ。おれは気ままな独り暮らしだ。少しぐらいなら都合してやれる」

「ありがとうございます」

そう言って頭を下げるおゆうの目がうるんだ。

「それじゃ、またな」

粂吉はそのままおゆうの長屋を出た。雨は少し小降りになっていた。

五

翌朝も雨が降っていた。強くはないが、やむ気配はなかった。

長屋を出た条吉は伝次郎の家に行く前に、おゆうを訪ねた。

「悪いな、朝早くから」

「いいえ、もう起きていましたから……」

おゆうは物憂げな顔で答えた。居間を見ると、絵を描いていたようだ。画仙紙と絵筆や絵具があった。

「金吾のことだが、人相書を作ろうと思う。金吾の似面絵を描けないか？」

「人の顔は描いたことがないので……」

「思い出して描いてくれねえか。無理なら絵師を頼んで人相書を作る」

おゆうは戸惑った顔をしたあとで、

「描けるかどうかわかりませんが……描いてみます」

そう言った。

「おれは大家に会ってくるが、また戻ってくる」

おゆうがうなずくと、粂吉は勘蔵という大家の家に行った。昨日からの雨で大気が冷えているのか肌寒くなっていた。

勘蔵というおゆうの長屋の大家は、粂吉が町方の手先だと知ると、金吾のことを教えてくれた。生まれも以前住んでいたところも、そして過去の職業も、おおむねおゆうから聞いたことと同じだった。

請人は本材木町五丁目にある伊勢《いせ》屋という口入屋だった。粂吉にはぴんと来た。金吾には身許を保証する知り合いがいなかったのだ。だから口入屋に頼んで請人になってもらった。口入屋も商売であるから、金次第で請人になることがある。

伊勢屋に行って話を聞くと、案の定そうだった。それから粂吉が以前、山城《やましろ》屋という浅草の小間物屋に勤めていたことがわかった。金吾が正直なことを伊勢屋に話していれば、小間物屋・山城屋にいたのは六年だ。

金吾の人相を聞くと、伊勢屋の主は大まかな説明をしてくれた。色の黒い丸顔で額が狭く、目は小さいと言った。

「金吾さんが何かしでかしたんですか？」

伊勢屋は興味津々《しんしん》の顔をしたが、粂吉はちょっとした調べをしているだけだというに留めた。

おゆうの長屋に戻ると、

「あんまり似ていません。人の顔は上手に描けないんです」

と、おゆうは情けなさそうに眉尻を下げた。

「そうかい。まあいい。それでやつはまるい顔で色が黒く、額が狭いんだな。目は小さいほうだった」

「はい、そうです」

「他にこれといったことはないか。黒子があるとか、古傷があるとか……」

おゆうは少し考えてから、傷も黒子もなかった気がすると首をかしげた。

粂吉は天井の隅に視線を向けて短く思案した。

「あとでこの家に絵師を寄越すから、その絵師に金吾のことを詳しく話してくれねえか」

「何という方です？」

「川島正庭《かわしましょうてい》という人だ」

ときどき町奉行所に請われて人相書を描くが、普段は枕絵《まくらえ》専門の絵師だった。金はかかるが、顔見知りなので少しは融通してもらえるはずだ。

おゆうの長屋を出ると、その足で伝次郎の家に向かった。

通りには水溜まりができ、雨を受ける楓川は小さな波紋をいくつも広げていた。

「あら、雨のなかを大変ね。ささ、早くお入りなさい」

玄関に行き声をかけると、千草が出てきて乾いた手拭いをわたしてくれた。礼を言うと、座敷口に与茂七があらわれ、

「ご苦労様です。おあがりください」

与茂七は居候のくせに、伝次郎の家の者みたいなことを言う。粂吉は首をすくめたくなるが、そのまま座敷にあがった。

「ご苦労である。昨日はいかがであったか？」

茶を飲んでくつろいでいた伝次郎が声をかけてきた。

「へえ、昨日は四谷《よつや》と牛込《うしごめ》をまわってきやした。今日は少し足を延ばしてみようと思います」

「さようか。いまはおぬしの手配りが頼りだ。しかし、よく降りやがる……」

伝次郎は表を眺めた。

「お勢という女のことはどうなんです？」

「昨日与茂七が見に行ったが、まだ戻ってきておらぬ。この雨で足止めをくらっているのかもしれぬ」

そこへ与茂七が茶を運んできた。

「すまねえな」

粂吉は礼を言って茶を飲み、

「それにしても往生《おうじょう》しますね。もう少し早く片をつけられると思っていたんですが……」

と言って、伝次郎を見た。

探索は行き詰まっているが、伝次郎の顔に焦りは感じられなかった。何事もないような普段の顔つきだ。この辺は器の違いなのだろうと思う粂吉である。

「ところで、何かおぬしには引っかかっていることがあるのではないか……」

伝次郎がふいに真顔を向けてきた。こういうとき、粂吉はドキッとする。心の底をのぞかれたような錯覚に陥るのだ。この人には嘘をつけないと思いもする。

「いえ、取り立ててこれといったことは……」

粂吉はそう答えた。

おゆうの一件は、やはりいまここで言うわけにはいかない。

「さようか。おぬしの手配りの助を与茂七にやってもらいたいが、それは難しいであろうな」

伝次郎がそう言う先から、

「粂さん、おれに手伝えることならやりますよ」

と、与茂七が言う。

「そうしてもらいたいところだが、相手は下っ引きだ」

粂吉は首を横に振る。

下っ引きはいわゆる一般の町人である。岡っ引きや粂吉のような小者《こもの》に、犯罪者について密告をする者だ。もし、その者たちが悪党に知られると、どうなるかわからない。だから、岡っ引きや小者を使っている与力や同心も滅多に知ることがない。

「まあ与茂七、いずれおまえも下っ引きを使うことになるやもしれぬが、そのときは粂吉から手ほどきを受けるのだ」

伝次郎が言葉を添えると、与茂七は神妙な顔で返事をした。

それから世間話めいたことを短くしてから、粂吉は伝次郎の家を出た。

六

翌日も雨であった。しかし、雨脚は次第に弱まり、その夜には星空がのぞき、翌朝は昨日までの雨が嘘のようにからっとした天気になった。

雨が大気中の塵《ちり》を払ったのか、江戸の町から富士山がはっきり見えた。

「さて、ぼちぼち行ってみるか……」

その朝、例によって粂吉の報告を受けた伝次郎は、着流しに黒羽織をつけて与茂七をうながした。

「どこへ行くんです？」

「野暮なことを聞くでない。お勢に会いに行くのだ」

「昨日戻っていなかったですけどね」

言葉どおり、与茂七は昨日もお勢の所在をたしかめていた。

「今日あたり戻ってくるだろう。さもなくば明日あたりか……」

伝次郎はのんびり顔で言うが、そこは持ち前の勘であった。

「雨あがりだ。歩いてまいろう」

伝次郎は猪牙舟を留めている亀島川のそばまで来て、考えを変えた。舟を使えば移動に便利だし、時間も節約できる。だが、歩くのも無駄ではない。

「今日は何日であったか？」

歩きながら与茂七に訊ねた。

「十六日です」

「するとやはり……今日あたり戻ってくるだろう」

「お勢のことですか……」

与茂七が怪訝そうな顔を向けてくる。

「大山の盆山は十三日から十七日だ。お勢が大山に出かけたのは半月ほど前だった。そうであるな」

「長屋のおかみはそう言っていましたね」

「とすれば、お勢は七月のはじめに出かけたはずだ。大山までゆっくり遊山旅をしても半月は長い。盆山をめあてに行ったとすれば、戻ってきてもよい頃だ」

「そういう見当をつけたんですか……」

与茂七は感心顔をして歩く。

日本橋を抜け、鍛冶町《かじちょう》から鍋町《なべちょう》を過ぎたとき、伝次郎は右の通りに曲がった。与茂七がどこへ行くのだと聞いてくる。お勢の店はこっちだとも言う。

「もう一度、和泉橋を見ておく」

小市が殺された場所である。与茂七は黙ってついてくる。

神田川は雨が降ったせいか、濁っていた。だが、和泉橋をわたる人の足は、久々の好天気に軽そうである。

「ここで小市は殺された」

伝次郎は和泉橋の北詰で立ち止まって、あたりに視線をめぐらした。人目の多い場所である。それにもかかわらず加瀬と篠原は、躊躇いもなく小市を斬り捨てた。

「小市はそこの腰掛けに座っていたんでしたね」

与茂七が橋のたもとに置かれている腰掛けを指さして言う。そばには大きな柳が立っていた。夏場は日除けにもなるし、風の通りもよいので夕涼みのできる場所だ。

「小市はここで何をしていたのだ……」

伝次郎は誰も座っていない粗末な腰掛けを見てつぶやいた。

「誰かを待っていたんでしょうか……それとも、ただ休んでいただけとも……」

与茂七のつぶやきを受けて、伝次郎はうむとうなずき、橋をわたってくる行商人を見た。そのあとから二人の町娘が楽しそうに話しながらやってきた。二人は芝居がどうの、役者がどうのと話しながら北のほうへ歩き去った。

伝次郎の太い眉がぴくりと動いたのはそのときだ。

「もしや……」

というつぶやきも漏れた。

「どうしました？」

「ひょっとすると、小市は加瀬と篠原の話を聞いたのかもしれぬ。それは他人には聞かれてはならぬことだった。いま二人の娘が橋をわたって歩き去ったが、そこの腰掛けにいても話を聞き取れたはずだ」

「すると、加瀬と篠原は小市に秘密の話を聞かれてしまったと思い、斬り捨てた」

あまりにも短絡な推量ではあるが、伝次郎はときにそんなことがあるのを知っている。まったく否定はできなかった。しかれども推量でしかない。

和泉橋を離れると、まずはお勢の店に行った。戸は閉まっており、暖簾も掛けられていない。裏にある住まいの長屋へ行っても、お勢は帰っていなかった。

「帰っていませんね」

与茂七が落胆した顔を向けてきた。

伝次郎はその視線を外して、晴れわたっている空を眺め、

「待とう」

と、言った。

明神下の通りに、お勢の店と住まいの長屋の出入り口である木戸口を見張れる茶屋があった。伝次郎と与茂七はその茶屋の床几に腰を据えた。

茶を飲みながら通りを眺め、ときどきお勢の店と長屋の木戸口に目をやる。

「与茂七、見張るのはお勢の店と長屋だけではない。加瀬と篠原らしき浪人が目の前を通らぬともかぎらぬ。油断いたすな」

注意を受けた与茂七は慌てて懐から人相書をつかみ出し、行き交う人に視線を向けた。

その様子を目の端で見た伝次郎は、口の端に苦笑を浮かべた。

日は西にまわり込み、歩く人の影が長くなり、お勢の店に西日があたるようになった。

〈桔梗庵〉と書かれた小さな掛看板が風に揺れ、ときどき乾いた音を立てていた。

七つ半（午後五時）を過ぎた頃だった。昌平橋のほうから旅の者とおぼしき二人組が杖をついてやってきた。ひとりは女で、もうひとりは小柄な若い男だった。

二人とも手甲脚絆《てっこうきゃはん》に菅笠《すげがさ》を被り、振り分け荷物を肩に担ぎ、片手に風呂敷包みを提げていた。

（もしや……）

伝次郎が目を注ぐと、女と男は、お勢の長屋の前で短くやり取りをし、互いに会釈をして別れた。女は長屋に消え、男は伝次郎と与茂七のいる茶屋の前を通り北のほうへ向かった。近くで見ると、どこかの下男のような冴えない男であった。

伝次郎はすっくと立ちあがった。

「与茂七、行くぞ」

「どうしたんです？」

「馬鹿、気づかなかったか」

「え、何をです？」

とぼけたことを言う与茂七を置き去りにして、伝次郎はお勢の長屋に入った。お勢の家の戸が開かれていた。

（やっと戻ってきたか）

そんな思いでお勢の家の戸口に立つと、上がり口に腰を下ろしていた女が顔を向けてきた。

七

「お勢だな」

伝次郎は声をかけた。

「さようですけれど……町方の旦那ですか……」

「南町の沢村伝次郎と申す。和泉橋で殺された小市のことで聞きたいことがある」

とたん、お勢の表情がかたくなった。

「もしや、下手人が捕まったんですか」

お勢は目を輝かせた。四十半ばの大年増だ。旅をしてきたせいか、うっすらと日焼けをしていた。顔がふくよかなら体もふくよかだった。

「そうではない。小市とそなたは深い仲だと聞いたのだ」

「ま」と、お勢は意外そうな顔をしてから、お入りくださいと家のなかに誘った。

伝次郎は与茂七を戸口前に待たせると敷居をまたぎ、上がり框に腰を下ろした。

「旅から戻ってきたばかりで、茶の用意もできませんけれど……」

「かまわずともよい。大山へ行っていたそうだな」

「はい。小市さんが不幸な目にあい気持ちが塞いでいたんで、供養を兼ねて旅をしてきたんです。それであの人が浮かばれるということはないでしょうけれど……」

お勢は煙草盆を引き寄せ、慣れた仕草で煙管に刻みを詰め、火をつけて吸った。

「小市が殺される前のことだが、そなたは気になる話を聞いていないか。二人は腹《ふく》蔵《ぞう》なく話のできる間柄だと耳にしたのだ」

「そんなことをいったいどこで……」

お勢は少しあきれ顔をしたが、すぐに言葉をついだ。

「たしかに小市さんとは隠し事のない仲でした。まさか、あたしが座頭をいい人にするなんて思ってもいないことでしたが、あの人の手は女の弱いツボを知り尽くしているんです。それであたしゃ、コロッとまいっちまったんです。一度きりのつもりが、そうはならなくて……」

お勢は一瞬色っぽい目をして自嘲の笑みを浮かべたが、すぐ真顔に戻った。ちらりと目が厳しくなったのは、元盗賊の頭の女だった頃の名残《なごり》だろう。

「離れられない仲になったというわけか。それで、何か聞いておらぬか？」

もう一度同じ問いを繰り返すと、お勢は煙管を灰吹きに打ちつけ、体ごと顔を向けてきた。障子越しの光がその顔にあたり、年相応のしわがはっきり見えた。

「大山に行ったのは無駄ではありませんでした。思い出したんです、旦那がおっしゃるように気になることを」

言葉を切ったお勢は、与茂七に家のなかに入るように勧めた。人聞きのいい話ではないからと付け加えてつづけた。

「あれは夏の初めの暑い日の夜でした。小市さんは遅くわたしの家に来て、いやなことを知っちまったと言ったんです。どんなことだと聞きますと……」

それはこういうことだった――。

その夜、小市は小網町の贔屓客の家に呼ばれ、じっくり揉み療治をした帰りだった。仕事で少し疲れてもいたし、汗もかいていた。だから小市は日本橋川《にほんばしがわ》の川縁に出て、夜風に身をさらして涼んでいた。

と、一方から男と女の声が聞こえてきた。若い男女の痴話喧嘩だと思っていたが、男が女の首を絞めるのがわかった。小市が尻を浮かした瞬間、ドボンと川に落ちる音がした。

(あッ)

小市は胸のうちで驚きの声を漏らし、耳を澄ました。落ちたのは女だとわかった。なぜなら男の、すまない、いまわたしもすぐに行く、というふるえ声が聞こえたからだった。そのときに、これは無理心中だと小市は悟った。

杖を持って立ちあがったとき、今度は別の声が聞こえてきた。

「きさま、女を殺して生きているつもりか」

「ひゃー、お、お助けを……」

「女のあとを追って死ぬつもりなら手伝ってやる。死ぬ気なら何も怖がることはないだろう。それとも自分だけ命拾いするつもりだったか」

「や、やめてください。ど、どうかご勘弁を……」

「意気地のない野郎だ。きさま、どこの何者だ？」

男はふるえ声を漏らしたが、急に強い風が吹いてきたので小市には聞こえなかった。風がやむと、小市はまた耳を澄ました。男の懐をあさる音が聞こえ、ついで「持っていたぞ」という声があった。そのあとで、ドボンとまた何かが水に落ちる音がした。もちろん、女の相方の男だと知れた。

「このまま放っておいてよいか」

新たな声だった。小市はそこに二人の男、しかも侍がいるのだと悟った。いま下手に動けば、自分も殺されるかもしれないという危機感があったので、じっとしていた。

「浮かんだとしても、おれたちの仕業だと知れることはない。誰も見ていないのだ」

「ならば早く去《い》ぬのだ」

かすかな足音がして、二人の侍の気配が消えた。

「あの人は目が見えなくても耳はよかったのです。あたしが聞き取れない音まで聞こえるほどでした。それに気配で、そこにいる人のこともわかりました」

お勢はひととおり話してからそう言った。

「それは鎧の渡しのそばだったのではないか……」

「小市さんはそんなことを言っていました。あたしは御番所に知らせたほうがいいのではないかと言いましたが、小市さんは川に落ちた男のことも女のことも知りません。名前すらです。目が見えないから顔もわかりません。あとであらわれた二人の侍のことも何もわからずじまいです。御番所に訴えても、自分の言うことなど信じてはもらえないだろうと言って、世の中には怖いことがあるものだと身ぶるいをしてました」

伝次郎は与茂七と顔を見合わせた。与茂七もあることに気づいた顔をしていた。

「川に落ちて死んだ男と女のことはあとでわかったはずだが、そのことは聞いておらぬか？」

お勢は目をしばたたいて、何も聞いていないと言った。

「鐙の渡しで心中と思われる男と女の死体があがった。それは四月だったはずだ。おそらく小市が涼んでいたそばで起きたことだろう」

伝次郎が宙の一点を凝視すると、

「沢村の旦那、小市さんが気づいたのは、心中じゃありませんよ。殺しですよ。でも、小市さんには相手のことが何もわからない。名前も顔も年も……だから黙っていたんです」

「言いたいことはわかる。だがお勢、いい話を聞かせてくれた。小市を殺した下手人はきっと捕まえてみせる」

伝次郎がそう言ったとき、閉められた腰高障子に町屋の屋根をすべり降りてきた夕日があたり、家のなかがぱあっとあかるくなった。

第六章　待ち伏せ

一

条吉がやってきたのは、伝次郎と与茂七が川口町の家に戻って、遅い夕餉を取っているときだった。

「旦那、おおむね下っ引きの手配りは終わりました」

条吉は居間の前に来るなり、そう報告し、言葉をついだ。

「明日からは旦那たちといっしょにまわれます」

「ご苦労であった。下っ引きのはたらきには期するものがある。それで、おれたちにもわかったことがある」

伝次郎は粂吉を居間にあげて、飯は食ったかと聞いた。

「さらさらっと、うどんをかっ込んできました」

「では、一献やろう」

伝次郎は粂吉に盃をわたし、酌をしてやった。

「わかったこととおっしゃいますと……」

「うむ。小市にはお勢という女がいた。今日やっと会えたのだが、それでわかったことがある。おぬし、鎧の渡しで起きた無理心中の一件を手伝っていたな」

「栗田の旦那に助を頼まれて手伝いましたが……」

粂吉は怪訝そうな顔をする。栗田というのは、伝次郎の元先輩同心で亡妻・佳江《よしえ》との見合いを勧めてまとめた臨時廻り同心の栗田理一郎だった。

「あれは御物師のおもんと、弥助という菓子屋の跡取りの無理心中だった」

「さいです」

「だが、どうも違うようだ」

「へっ、とおっしゃいますと……」

粂吉は凡庸《ぼんよう》な顔のなかにある目をまるくし、わずかに身を乗り出した。

「和泉橋で殺された小市が、そのときそばにいて、何もかも見ていたのだ。いや、聞いていたのだ」

「それは、また……」

「小市は揉み療治の帰りで疲れていて汗もかいていた。それで鎧の渡し近くで涼んでいた。目の見えない男だから、暗闇のなかにでも座っていたのだろう。すると、そのそばで男女の声を聞いた。それがおもんと弥助だった。弥助はおもんの首を絞めて川に落とし、自分もあとにつづこうとしたが躊躇った。そこへ新たな男が二人あらわれて、弥助を殺し、懐のものをあさって立ち去ったのだ」

「ヘッ、そりゃあまことのことで……」

「ほんとうのところはわからぬが、小市はそんな話をお勢にしているのだ。しかし、小市は目が見えぬし、立ち去った二人の顔も名前もわからぬ。御番所に知らせたところで信じてもらえぬと考え、黙っていた」

「二人の男と言うのは……」

「小市は侍だとお勢に話している。それで、おもんと弥助はどういう死に方をしていた？」

条吉は記憶の糸を引き寄せるように短く視線を泳がせてから答えた。

「おもんの首には絞められた痕がありました。弥助は心の臓のあたりに刺し傷がありました。あっしはその傷を見ていませんが、弥助はおもんを殺し、あとを追うために自分で自分の胸を刺したのだろうと、栗田の旦那はそう考えるしかないとおっしゃいました。おもんと弥助の間柄を考えても、それは無理な判じ方ではなかったはずです。おもんにはいっしょになるはずだった、与一郎という船宿の跡取りがいましたから……」

「弥助が胸を刺したという得物《えもの》は見つかったのか？」

「近くにはそんなものはありませんでしたし、一応川も調べましたが見つかりませんで……」

「条さん、弥助を殺したのは、加瀬か篠原かもしれないです」

さっきから話したくてうずうずしていた与茂七が口を挟んだ。

「ほんとうかい」

条吉は目をしばたたく。

「小市は目は見えないけど、その代わりに耳がよく聞こえたんです。気配でその人が誰かというのもわかったそうです」

「すると、小市は加瀬と篠原の声を覚えていたというのか……」

「かもしれません」

「今日もう一度、和泉橋に行ってみたのだ」

伝次郎が言葉を挟んでつづけた。

「小市が殺されたのは和泉橋北詰の近くに置かれている腰掛けのそばだった。おそらくそこで休んでいたのだろう。そして、橋をわたってくる加瀬と篠原の話し声を聞いて、鎧の渡しにあらわれた二人の侍だと気づいた。そのあとのことはよくわからぬが、小市は二人に声をかけて、罪を問うたのかもしれぬ。加瀬と篠原はまさかと思ったが、生かしてはおけぬと、その場で無礼討ちにした。……まあ、さような考えもできるということだ」

「そんなことがあったとは……」

粂吉はまばたきもせず手許の盃を見つめた。

「いずれにしろ大事なのは、加瀬と篠原の行方です。やつらが小市を殺したのは間違いのないことですから」

与茂七がそう言って、里芋の煮ころがしをつまんだ。

「まさか、鎧の渡しの無理心中と小市殺しがつながっていたとは考えもしないことでした」

「粂吉、まだそうだと決まったわけではない。だが、考えられることだ。加瀬と篠原を捕まえることができれば、そのことははっきりするはずだ」

伝次郎は酒をあおった。

「それで旦那、明日からどうするんです？」

与茂七が伝次郎に真顔を向けた。

「さあ、どうするか……釣りにでも行ってみるか」

「は……」

「探るべき相手がいなくなったのだ。困ったことだが、ここは粂吉の動かしている下っ引きたちの種が大事になる」

「粂さん、旦那はそんなこと言っていますよ」

与茂七があきれ顔で粂吉を見た。

「それじゃあっしは、人相書をわたした下っ引きたちに会ってきましょう」

粂吉はそう言って酒に口をつけた。

二

おゆうは長屋の木戸口に立っていた。

朝からもう何度同じことをしているだろうか。ときどき長屋のおかみさんが話しかけてくるが、おゆうはとくに言葉を返すこともせず、弱々しい笑みを浮かべて会釈をするのみだ。

すると相手はあきれたように小さく首をすくめたり、口が利けないわけでもないのにとつぶやいて行ってしまう。

おしゃべりが嫌いなわけではない。ほんとうは姉のように誰かれなく気さくに話しあいたい。だけれど、引っ込み思案なおゆうにはそれができない。自然口数が少なくなり、だんだん無口になった。

木戸口のそばに立っているのは、町方の手先だという粂吉が来ないかと期待しているからだった。金吾捜しがどうなっているのか知りたかった。金吾は今日も長屋もしまう。
何か悪い企みを胸のうちに秘めて、親切な顔をしているだけかもしれないと考えて
また、粂吉という人がほんとうに親身になってくれているかどうかもわからない。
金を持ち逃げしたままどこか遠くへ行ってしまったのではないかと考えもする。
にはいなかった。昨日もその前も……。

だけれど、いまのおゆうには金もなければ、はたらき口もない。貧乏な娘以外の何ものでもない。魅力もない女だというのは、おゆう自身も知っている。痩せっぽちで、器量がいいわけでもない。

人を疑ってはいけないと思う。粂吉という人は、姉が死んだとき、自身番にもいたし、町方の旦那の指図を受けてもいた。十手も持っている。

あの人は悪い人ではないと、おゆうは胸のうちで言い聞かせた。

しかし、昨日も今日も粂吉は姿を見せない。ひょっとすると、金吾を見つけ、そして金吾が盗んだ金を横取りしたのではないかと、またいけない考えが頭に浮かんだ。

木戸口を離れ、楓川沿いの河岸道に出た。川岸にある柳の下に近所の人が置いた

腰掛けがある。いつも年寄りがそこに座って暇をつぶしているが、いまは空いていた。

おゆうは腰掛けに座り、さっきと同じように通りを眺めた。乾物屋の前で立ち話をしていたおかみさんが、けたたましい笑い声をあげた。

乾物屋の店先をうろうろしながら、売り物を物色している年寄りの婆さんがいた。町の角から女の行商人があらわれた。手にお歯黒の壺を提げ、箱を背負っていた。箱には「まき紙・おしろい・元結・せんこう」と書かれた紙が貼りつけてあった。小間物の行商である。

おゆうは目の前を通り過ぎた、その女行商人を見送った。

(わたしもあんな商いを……)

と、考える。

もう先立つものがない。だから、朝から何も食べていなかった。

姉が残した着物を質屋に持って行って金を借りようかと、昨夜は何度も考えた。でも、返すあてはない。いまは粂吉という人が金吾を見つけて、金を取り返してくれることに期待するだけである。

この前まで勤めていた武蔵屋から出てきた客がいた。その客が一方から歩いてきた年寄りに挨拶をして立ち話をはじめた。

年寄りは長屋の大家・勘蔵だった。以前、姉のおもんと住んでいた長屋も勘蔵が差配をしていた。姉が死んだあとで、あんたひとりでは広すぎるだろうと、気を利かせてくれ、いまの長屋を世話してくれたのだ。親切な大家でありがたいと感謝している。

立ち話をしていたその大家と、武蔵屋の客が右と左に別れて去った。

背後から声をかけられたのはそのときだった。

「おゆう」

驚いて振り返ると、船宿鈴木屋の与一郎だった。

「若旦那さん」

「何をしているんだ」

与一郎はそう言っておゆうの隣に腰を下ろした。仕事をしているときには半纏をつけているが、今日は小袖の着流しに渋い柿色の羽織をつけていた。どこかの帰りらしく、手には巾着も提げている。

「ちょっと休んでいただけです」

「武蔵屋をやめたらしいな」

おゆうはそのことを、どうして知っているだろうと思って与一郎を見た。

「武蔵屋に出入りする仲買が、うちの客でな。世間話をしているときに聞いたのだ。仕事が合わなかったか……」

与一郎は口許にやさしげな笑みを浮かべて見てくる。おゆうは正直なことを言えずにうつむいた。

「つぎの仕事はどうするんだ。探しているのかい？」

「いえ、まだ……」

「もう、おもんはいないんだ。ひとりで生きていかなきゃならないだろう」

「……わかっています」

短い沈黙があった。目の前を何人かの人が行き交い、大八車がガタゴト音を立てて過ぎた。

「おもんは心底おまえさんの先行きを心配していた。独り立ちできるだろうか、その前にいい縁談話があればいいが、どうなるかわからないと、ときどきそんなことを言っていた」

おゆうはこくんとうなずく。姉のおもんが二十五になるまで嫁《とつ》がなかったのは、自分のせいだとおゆうはわかっていた。おもんはそのことを口にこそしなかったが、縁談話が何度かあったことを、おゆうは知っている。

おもんはそんな話が来ても、決まって断っていた。だが、与一郎とはうまくいきそうだし、そろそろ自分も人の女房にならないと行き遅れてしまいそうだから、許してくれないかと、姉は初めて断りを入れた。

おゆうは喜び半分寂しさ半分の気持ちだったが、

「姉さんは幸せにならなきゃいけないわ。わたしはこう見えてもちゃんとやれるから」

と、姉の安心するようなことを言った。

「身寄りのない女になっちまったんだ。だが、もうおまえも十七だ」

与一郎の声でおゆうは我に返って顔をあげた。

「頼りにしていたおもんはもういない」

おゆうは黙ってうなずいた。

「仕事を見つけられないようだったら、おれが手伝ってやってもいいが、どうする？　おまえのことを知らないおれではない。請人ぐらいにはなってやれる」

「ありがとうございます」

「しかし、どんな仕事がいいかな……」

与一郎は晴れわたっている空を眺めた。おゆうも釣られて空を見た。鳶が気持ちよさそうに弧を描きながら飛んでいた。

おゆうはふと、姉が残してくれた金が盗まれたことを打ち明けようかと思った。だが、その前に与一郎が口を開いた。

「おまえには客商売は向いていないだろうから、やはり下ばたらきかな。そうは言っても武蔵屋では務まらなかったのか……」

おゆうはまたうつむいた。

「だが、ちょいと考えがあるんだ。ひょっとすると、おまえにいい仕事が見つかるかもしれない」

「それは何でしょう？」

おゆうは与一郎に顔を向けた。

「うむ。まだどうなるかわからないが、ひょっとするとだ。ま、そのときにはちゃんと話をしよう」

「……………」

おゆうはぼんやりした顔で二度、目をしばたたいた。

「今日は寄合があったんだ。その帰り道でな。まさかおまえに会えるとは思わなかったが、会えてよかったかもしれねえ」

与一郎はそう言うと、ふっと小さな笑みを浮かべ、

「さ、もう行かなきゃならない」

と言って立ち上がった。

「おゆう、まただ。じゃあな」

「……はい」

おゆうは与一郎の後ろ姿をぼんやり見送った。悪い人ではないというのはわかっているが、おゆうはもう二度と会えないような気がした。人に期待させることを言って去る人が多いからだ。金を盗んだ金吾もそうだった。

親切な顔をして近づいてきた紫屋の弥助も、最後には姉さんを道連れにして死んだ。親切だからと言って、人は安易に信用できない。そんな思いがおゆうの心にはあった。

三

日が暮れる。

あばら家のあちらこちらの隙間から夕日の筋が射し込み、小さな塵《ちり》を浮き立たせている。

「助右衛門よ」

柱に寄りかかり、足を投げ出している加瀬は、篠原に声をかけた。

「なんだ？」

「もう今夜限りにしようではないか。小さな強請をはたらいても稼ぎはたかが知れている。それに、脅すやつらはさして金は持っておらぬ。やつらはなけなしの金で酒を飲んでいるだけだ」

「それで……」

篠原が胡乱《うろん》な目を向けてくる。

「江戸を出ると決めているのだ。路銀稼ぎのためにその辺の町人の財布をあてにしてもはじまらぬということだ。そうではないか」

篠原は爪楊枝をくわえて、表に目を向けた。

こやつ何を考えているのだと、加瀬は篠原をにらむように見る。篠原もそうだが、自分も無精髭《ぶしょうひげ》だらけだ。それに着物は汚れ、汗臭くなっている。髷《まげ》は乱れ、月代《さかやき》も伸びていた。足袋《たび》は汚れたので素足だ。雪駄《せった》の鼻緒《はなお》は手拭いを裂いてすげ替えていた。

まったくよれよれの浪人の体《てい》である。ただ、目だけは飢えた野良犬のようにらんらんと光っている。

「金持ち風情の町人には付き添いがいる。駕籠《かご》が待っていたりするから脅すことはできぬ。脅せるのは千鳥足で店を出た職人か、どこぞの奉公人ではないか。そんなやつらが金を持っていないのはわかった」

「ならば、どうすると言うのだ」

篠原が顔を向けてきた。

「金持ちを脅すしかない。その辺の町屋の居酒屋や小料理屋から出てくるやつを狙ってもどうにもならぬだろう」

「金持ちには供がついている」

「供まわりなど気にするから貧乏くじを引くのだ。こうなったからには名のある老舗料理屋の客を狙うのだ。それを最後にしておれたちは江戸を離れる。こんな乞食みたいななりで旅はできぬ。在に行っても信用を得ることもできぬ。身なりは大事だ。それには金がいる。些少の金を強請り取ってもどうにもならぬではないか」

「たしかに、おぬしの言うとおりだ。じつはおれもそのことは考えていた」

加瀬はキラッと目を光らせた。

「ならば今夜……」

「うむ」

篠原はうなずいて、引き寄せた刀を膝の横に立て、

「いざとなれば、人を殺《あや》めることになる」

と、表情を厳しくした。

「いたしかたないことだ」

加瀬はそう応じて口のまわりに生えた無精髭をぞろりと撫でた。

もう日が落ちそうだ。

隙間から射し込む夕日の筋が長く、そして低くなっていた。


その日、条吉は深川から本所をまわり、加瀬と篠原の人相書を預けた下っ引きらを捜し歩いた。会えたのは二人だけだったが、期待に添う返事はもらえなかった。

ついでに、別の人相書をわたした。

それは金吾の人相書だった。絵師の川島正庭に描いてもらったものだ。摺り増し数は少なかったが、何としてでも金吾を捜し出さなければならない。

それから正庭から聞いた話を、早くおゆうに伝えたかった。しかし、加瀬と篠原捜しを怠るわけにはいかない。

日が暮れかかったときに、ぶらっと本所緑町《みどりちょう》の自身番を訪ねた。条吉は長年、同心の酒井彦九郎《さかいひこくろう》についていたので、親方と呼ばれる書役《かきやく》や番太とも顔なじみだ。

「これは条吉さん、久しぶりですね。しばらくお顔を見ないので、どうなさっているのかと噂をしていたところですよ」

禿げた書役はにこやかな顔で迎えてくれた。

「旦那が不幸な目にあってから、別の旦那についているんだ。親方も知っている沢村の旦那だ」

「へっ、あの沢村様に……え、また御番所に戻られたんですか？」

書役は少し驚き顔をした。粂吉は簡潔に伝次郎が町奉行所に戻った話をしてやった。

「それじゃ、出世されたようなものではありませんか」

「おれもそう思うんだが、あの旦那はいつも変わらねえ人だ。偉ぶったり得意がる人じゃないからな」

「沢村様はそういう方です」

「それで何か変わったことはないか？」

短い世間話のあとでそう聞くと、書役の顔がにわかに硬くなった。

「じつは妙なことがあるんです。三日前とその前は雨でしたが、近所で金を脅し取られたという職人と乾物屋の奉公人が駆け込んで来ました」

「脅し取った野郎のことはわかっているのか？」

「それが手拭いで顔を隠していたので見ていないらしいのです。それじゃ捜しようがありません。昼間も他の旦那が見えたときに話したんですが、取られた金は一朱《しゅ》とか八百文《もん》です。話だけ聞いてもらいましたが、脅し取った男のことがよくわからないんです」

「旦那に話してあるんだったら、いずれ見つけてくれるだろう。それで、相手はどんな野郎だ？」

「浪人だったと言います。それも二人組です。刀で脅して小金を盗るぐらいだから、よほど手許不如意だったんでしょう」

二人組と聞いた粂吉は目を厳しくして、加瀬と篠原の人相書を見せた。

「まさか、この二人じゃねえだろうな」

書役は人相書を見て、座頭殺しの下手人ですかとつぶやいた。

「それはここに預けておく。似たやつを見たら、すぐ知らせてくれねえか」

粂吉はついでに金吾の人相書もわたし、その事情も話した。

本所を離れたのはそれからのことで、他の下っ引きには会えなかった。

両国橋をわたったときには、すっかり日が暮れて、江戸の町は夜の闇に包まれはじめていた。

（おゆうに会わなきゃ）

内心でつぶやく粂吉は夜道を急いだ。

四

腹の虫がグウと鳴いた。

おゆうは絵筆を止めると、腹に手をあててさすり、小さなため息をついた。

昼間、我慢しきれずに米櫃《こめびつ》をあさり、底に残っていた米で粥《かゆ》を作って食べたきりだ。腹に入れたのは、残り少ない古漬けとその粥だけである。

（飢え死に……）

という言葉が頭に浮かんだ。まさかと思いもし、衣紋掛けにある着物を見た。おもんが残していったものだ。明日は質屋に行こうかと頭の隅で考えた。

何も食べなければほんとうに死んでしまう。痩せた体がこの二、三日でまた細くなったような気がする。

おゆうは余計なことを考えるのはよそうと、かぶりを振ってまた絵筆を執った。

画仙紙にはこの季節にない花を描いていた。

黄色い連翹《れんぎょう》・白木蓮・杏《あんず》・雪柳……。花だけではつまらないと思ったのは、その日初めてだった。

だから梅の蜜を吸いに来た目白《めじろ》を描いてみた。すると違った趣《おもむき》になるのを知った。ついでに蒲公英《たんぽぽ》に止まる白い蝶を描いた。それも新たな趣を醸《かも》し出した。

花に鳥や虫を添えると、これまで描いた絵が一段と引き立つ。紫陽花《あじさい》の葉に天道虫《てんとうむし》を描き添えてみた。それもよかった。

花や鳥や虫は、その季節でなくてもおゆうの頭にしっかり刻みつけられている。その場で見なくても記憶を呼び起こせば描くことができる。

そうだ、と小さく胸のうちでつぶやき、金吾の似面絵を書きに来た川島正庭という絵師の言葉を思い出した。

おゆうが花の絵を描いていることに気づき、その絵を見てたいそう感心をした。

「おまえさん、こんな絵が描けるのに、なぜ人を描けない」

と、訝《いぶか》しそうな顔をした。

「人の顔は、わたしには難しいのです」

「これだけの絵が描けるのにもったいないことだ。少し練習をしてごらんなさい。人を描けるようになると、少しは食っていけるようになるよ」

そう言われたので、おゆうはその日、姉の顔を思い出しながら描いたが、どうも似ていない。何かが違うのだ。他の人の顔も描いたがうまくいかない。花や虫や鳥なら納得いく絵ができるのに、人物は難しい。なぜなのか自分でもわからなかった。

(やっぱりわたしは花が一番好き)

だからその日も花の絵を描いて、いやなことを忘れようとしていたのだ。

表から声がかかり戸がたたかれたのは、群れ咲いている雪柳を描きはじめたときだった。

「粂吉だ。開けていいかい?」

おゆうはパッと目をみはり、「はい」と返事をした。盗まれた金がどうなったのか聞きたかったので、ずっと心待ちにしていたのだった。

粂吉はいつものように神妙な顔で入ってきた。少しだけ口の端に笑みを浮かべ、絵を描いていたのかと、おゆうの膝許にある画仙紙を見て言った。

「やることがないので……。それで金吾さんは……」

粂吉はむなしそうに首を振って上がり框に腰を下ろした。

「すまねえな。捜しちゃいるんだが、なかなか追う手掛かりが見つからねえんだ」

「わたしも捜してみようと思います。何もしないでいるのは粂吉さんに悪うございます」

「気にすることはない。それに、おまえさんに何かあるといけねえ。金吾の野郎はどうも質《たち》が悪そうだ。やつが勤めていた浅草の小間物屋で話を聞いたが、評判がよくねえ。だが、何としてでも見つけてやる。だから、もう少し待っていてくれ」

「申しわけありません」

おゆうは両手をついて礼を言った。

粂吉は家のなかをぐるりと見まわし、台所の流しをしばらく眺めてから、おゆうに視線を戻した。

「飯は食ったのか？」

と、いきなりそんなことを聞く。おそらく流しがきれいになっていて、竈を使った形跡がないことに気づいたのだ。竈は昼間使ったが、それには大した薪はいらなかった。

「食べました」

「おめえは痩せているな。もう少し太ったほうがいい。おめえは姉さんと二人きりで住んでいたんだよな。親はどうしたんだ？」

「いません。……わたしが小さいときに死んだんです」

おゆうには父親の記憶がまったくない。母親のことも薄ぼんやりとしか思い出せない。母親が死んだのは、おゆうが三つか四つの頃だったからだ。

「両親《ふたおや》とも……」

「はい」

「それじゃ、姉さんがただひとりの身内だったってわけか」

おゆうは唇を嚙んでうなずいた。

「そうか、いろいろあるな。おれも早くに親を亡くしちまってな。それで親戚の家に預けられたんだが、いい思い出なんてひとつもねえ。きつい仕事を押しつけられ、ろくに飯も食わせてもらえなかった。それで、おれはその家を飛び出したんだ。だけどよ、そのときおれはたったひとりの妹を置いてきちまった。妹はいっしょに連れて行ってくれと泣きついてきたが、おれは見捨てるように振り切っちまった。悪いことをしたと、いまもときどき思い出すんだ」

おゆうはしんみりした顔で話す粂吉を眺めた。

「妹が生きているか死んでいるかもう知りようがねえ。そんなおれはずいぶんぐれた暮らしをしていた。盗みもやったし、喧嘩もした。奉公もしたが、長つづきしなかった。だからおれは根性がねじ曲がっちまったんだな。あるとき大喧嘩をしてな、相手を半殺しにしちまったんだ。だけど、そのときに出会った町方の旦那に、懇々《こんこん》と説教をされて目こぼしだ。それがなかったら、おれはいまもやさぐれていたかもしれねえし、どこかで殺されていたかもしれねえ」

「そんな……」

おゆうは目をまるくした。

粂吉は恥ずかしそうな笑みを浮かべてつづけた。

「だけどよ、世の中って捨てたもんじゃねえな。その町方の旦那のおかげで、おれはまっとうな人間になった。いや、まだ半人前のどうしようもねえ男だが、それでも人の道に外れたことはしちゃならねえと思っている。おめえも姉さんを亡くしちまって大変だろうが、間違ったことはするんじゃねえぜ。生きてりゃ、いいこともある。ほんとうだぜ」

「……はい」

おゆうはうなずきながらも、どうしてこの人はそんな話をするのだろうかと思った。

「なんだか湿っぽい話になっちまったな」

粂吉は誤魔化すような笑みを浮かべて、

「そうだ。絵師の正庭さんが言っていたぜ。おめえの絵に驚いたって。とんでもねえ絵の才を持っている娘だってな」

「はあ……」

「腕を磨けば、絵で食っていける女絵師になれるってな」

「女絵師……」

「そうだ。だからってすぐ食えるようにはならねえだろうが……」

おゆうは心のなかで「女絵師」と、つぶやいた。考えてもいなかったことだ。だけれど、絵を描いて暮らしが立つならこの上ない幸せである。

「いけねえ。くだらない話をして長居しちまったな。だけどおゆう、おれは必ず金吾を見つけて金を取り返してやる。そのつもりだ。できるだけのことはやる。だから少し待っていてくれ」

「はい、申しわけありません。ありがとうございます」

おゆうは素直に両手をついて頭を下げた。いまは条吉だけが頼りだった。

ぽんと目の前に、財布が置かれたのはそのときだった。驚いて顔を上げると、

「満足に飯を食っていねえだろう。遠慮はいらねえから使ってくれ。礼なんざ考えることはねえから」

「でも……」

おゆうは押し返そうとしたが、すぐに「ならねえ」と制された。

「なぜ、条吉さんはこんなことを……」

おゆうはまじまじと条吉を見た。

「さっきおれの妹のことを話しただろう。じつはよ、その妹がおめえに重なっちまってな。放っておけなくなっちまったんだ」

そう言った粂吉の目がうるんだ。

「それだけのことよ」

粂吉は涙を見せまいと、そのまま家を出て行った。

五
「それは気になるな」

翌朝、伝次郎は粂吉の報告を受けるなり、表情を引き締めた。

「相手は二人組の浪人だったのだな」

「へえ、さように聞きました」

「脅し取られたのは、職人と乾物屋の奉公人……」

伝次郎は粂吉の話を繰り返すようにつぶやく。脅し取られた金は少ないが、金高《かねだか》の問題ではない。相手が二人の浪人だったというのが引っかかるのだ。

加瀬と篠原が逃亡を図ってすでに三月になろうとしている。江戸に二人がいるなら、金に窮しているのは推量するまでもなかろう。匿《かくま》ってくれる者がいれば、恐喝《きょうかつ》まがいのことはやらないはずだ。

「金を脅し取られた職人と奉公人のことはわかっているのか」

「いえ、それは……」

粂吉は聞いていないのだ。しくじったと言わんばかりに、顔をしかめた。

「よし、これから本所へ行こう。緑町の番屋でもう一度話を聞く。与茂七、支度をしろ」

伝次郎はすっくと立ちあがった。

小半刻後、伝次郎の操る猪牙舟は大川をわたっていた。川は水量豊かで、うねる波は普段より大きかった。粂吉と与茂七は、落とされまいと舟縁《ふなべり》にしがみついていた。

猪牙舟を操る伝次郎は近づく本所の町屋を眺めながら、恐喝は二件だけのようだが、調べればもっとあるかもしれないと考えていた。

脅し取られた者は金高が少ないと、訴えないことが多い。訴えれば家主や町役《ちょうやく》を伴って町奉行所に出頭しなければならない。そうなると面倒をかける家主と町役にそれ相応の礼をしなければならないし、仕事を休まなければならない。

そのことを考えると面倒だし、かえって出銭が増える。そうであれば、泣き寝入りしているほうが得なのだ。

伝次郎は竪川に入ると、二ツ目之橋の先にある河岸場に猪牙舟を繋《つな》ぎ、緑町三丁目の自身番に入った。

「これは沢村の旦那……」

伝次郎が敷居をまたぐなり、書役が驚き顔を向けてきて、すぐに懐かしそうに頬をゆるめた。

「しばらくである。達者そうで何よりだ」

「旦那もお元気そうで何よりでございます」

「うむ。それで昨日粂吉に、金を強請り取られた者がいると話しているな」

「へえ。ですがそれは、もう取り下げちまったんです。粂吉さんから話は聞いております。取られた金は少ないし、あとが面倒だから忘れてくれとあとで言ってきましてね」

「それは職人とどこぞの奉公人だったらしいな。どこのなんという者だ?」

聞かれた書役は、茶の用意をしていた番人を見た。

「ひとりは熊五郎《くまごろう》という大工です。もうひとりは、この近くにあります茗荷屋《みょうが》の新助《しんすけ》という手代です」

番人が答えた。茗荷屋は蠟燭《ろうそく》問屋である。伝次郎にはすぐぴんと来た。

「熊五郎の家か仕事先はわかるか？」

「いま頃なら、三ツ目通りにある小杉《こすぎ》とおっしゃるお武家様の家の普請仕事をしているはずです」

「よし、わかった」

伝次郎はさっと身を翻して表に出た。

「粂吉、与茂七と二人で他の町の番屋へ行き、金を強請られたという者がいないか聞いてこい。おれは新助という手代と熊五郎から話を聞いてくる。わかったらまたここへ戻ってこい」

伝次郎は指図をすると「行け」と、二人に命じた。

二人を見送った伝次郎はそのまま茗荷屋に足を向けた。さいわい客はいなかった。帳場に座っている番頭に声をかけ、新助という手代はおらぬかと訊ねると、蠟燭の入った木箱を重ねていた男が振り返った。

「新助はわたしでございますが……」

小柄な男で、目をキョトキョトさせた。伝次郎は見るからに町方の雰囲気を醸しているし、黒羽織である。

「訊ねたいことがある」

「なんでございましょう」

新助は小心者なのか、顔をこわばらせていた。

「緑町の番屋に金を脅し取られたと訴えたそうであるな」

新助の顔がハッとなった。

「咎《とが》めるのではない。その訴えを取り下げたのも知っている。知りたいのはおまえを脅した男のことだ。覚えているだけのことを話してくれ」

「は、それは四日前でしたか、雨の夜でした。わたしが三ツ目にある松《まつ》屋で飲んで帰るときのことです。あ、松屋というのは小さな居酒屋です。その店を出てすぐに、暗がりから浪人風の侍が出てきて、いきなり襟首《えりくび》をつかまれたんです。それから脇差を首にあてられ、財布を出せと脅されました。まったく生きた心地がしませんでした。殺されたくないので、懐の財布を差し出しますと、そのまま奪い取って雨のなかに消えました」

「浪人はひとりだったか？」

「いえ、わたしを脅した浪人の後ろにもうひとりいました」

「顔を見たか？」

「頬っ被りをしていたのでよく見えませんでした。年もよくわかりませんが、四角い顔だったのは覚えています」

「どんな着物を着ていた？」

「……黒っぽい着流し姿でしたが、よく覚えていません。もうひとりは暗がりだったので……」

新助は自信なさそうに首をかしげる。

「その者たちはどっちへ去った？」

「北辻《きたつじ》橋のほうです」

茗荷屋から東の方角だ。新助が飲んでいた店もそちら方面で、その店は三ツ目之橋の近くにあった。

新助と別れると、大工・熊五郎が仕事をしている普請場へ足を運んだ。そこは二ツ目之橋の北にある武家地で、普請中の小杉家は南割下水《みなみわりげすい》の手前にあった。

普請作業は屋敷の離れにある東屋《あずまや》で行われており、伝次郎は門そばにいた大工に声をかけて、熊五郎を呼んでもらった。

「あっしに何の用で……」

名前に似合わない小柄な男だった。日に焼けた顔に、ぶ厚い唇と団子鼻。ぎょろりとした目で伝次郎に注意深い目を向けてきた。

「四日前か五日前の雨の夜、おぬしは侍に金を脅し取られているな」

熊五郎は少し驚き顔をして、あれは取り下げたと慌てた。

「そのことは何も問わぬ。知りたいのはおまえを脅したやつのことだ」

熊五郎は新助とほぼ同じことを口にした。

「あっしは酔っていやしたが、金なんざねえ、宵越しの金は持たねえんだと息巻いて逆らったんですが、刀を突きつけてきやがった。殺されちゃかなわねえんで、しかたなく財布をわたしましたが……」

熊五郎の財布には八百文ほど入っていたらしい。

「相手はひとりだったか二人だったか？」

「二人です。黒っぽい着流しでしたが、頬っ被りしてたんで顔はよく見えませんで、そうそう二人とも同じような背恰好でしたよ。年は三十ぐらいのような……」

「その場所はどこで、浪人はどっちへ去った？」

「本所相生町三丁目の居酒屋のそばです。あっしの家は緑町にあるんで、そっちに戻りましたが、野郎らも河岸道を東に行ってました」

新助を脅した二人も、竪川沿いの道を東へ向かっている。

もし、その二人が加瀬と篠原なら、竪川沿いの町屋に隠れているのかもしれない。

伝次郎は熊五郎と別れると、緑町の自身番に戻った。

「旦那、またいました」

上がり框に座っていた粂吉が、さっと立ちあがった。

六

「それも昨日のことです。金は取られていませんが、脅された男がいます」

粂吉は少し顔を上気させていた。

「昨日のいつのことだ？」

「夜です。場所は相生町一丁目の裏です。脅されたのは北河岸の材木問屋・滝下屋《たきした》の伊兵衛《いへえ》という主です」

北河岸というのは、竪川の右岸、一ツ目之橋から相生町五丁目あたりの河岸地の呼称だ。

「脅したのは二人の浪人。それも加瀬と篠原に似ています」

与茂七が目を光らせて言葉を添えれば、条吉が後を引き継ぐ。

「伊兵衛は尾上町《おのえちょう》の料理屋から家に帰る途中で、裏道に来たとき二人の浪人が立ち塞がり、脅しをかけてきたんですが、伊兵衛の連れていた若い手代が機転を利かせて、持っていた提灯を投げ、大声で盗人だと叫んだので、二人は逃げたそうで」

「どっちへ逃げたのだ?」

「竪川通りを東のほうへ走り去ったそうで……」

本所相生町の北側の通りである。

伝次郎は表に目を向けた。二人の浪人は竪川の東へ逃げている。新助も熊五郎も同じことを言った。

「滝下屋伊兵衛は相手の顔を見ているのだな」

「見たのはいっしょにいた手代でした。提灯を投げたとき、はっきり見たと言います。それで人相書を見せると、よく似ていると……」

おそらく加瀬と篠原に間違いないだろう。

「よし、やつらを捜すために見張りにつく。ついてこい」

伝次郎は粂吉と与茂七を表にうながすと、新たな指図をして、自分は猪牙舟に乗り込んだ。

加瀬と篠原はこの近くにいるのだと、一度河岸道に目を向けて川底に棹を突き立てた。

粂吉は与茂七といっしょに竪川の河岸道を歩いていた。伝次郎の猪牙舟が先に行くのを見送ると、

「木戸番屋と番屋に寄って、人相書をわたしておく」

そう言った粂吉は、早速近くにある髪結床《かみゆいどこ》番屋を訪ねた。煙草を喫んでいた髪結いに事情を話し、人相書をわたす。三ツ目之橋のそばには橋番屋があり、そこにも寄った。

そうやって大横川《おおよこがわ》と竪川が交叉するところまで来た。大横川には北辻橋が架かっていて、わたれば本所柳原《やなぎわら》一丁目だ。

「どうします？」

与茂七が聞いてくる。

「旦那はこの先に行ったんで、おれたちはここで見張るか？」

「手分けしたほうがいいんじゃないですか」

「おめえも気の利いたことを言うようになった」

条吉が褒めると、与茂七はちょっと照れたが、すぐに顔を引き締め、

「それじゃ、おれは長崎《ながさき》橋のあたりで見張ってみます」

と、大横川の北を見た。

「その前に、そこの番屋で話を聞いてみよう」

条吉はそばにある橋番屋に行き、番人に声をかけた。事情を話して人相書をわたそうとしたが、それは金吾の人相書だった。

「おっと、これじゃねえ。こっちだ」

加瀬と篠原の人相書をわたすと、番人の目がとたんに変わった。

「旦那、この二人をあっしは見てますよ」

「なに……」

粂吉は番人をまじまじと見た。

「十日ばかり前から何度か見かけていやす。あんまり見かけねえ侍なんで目につくんです。そこの北辻橋をわたってくれば、またそこの橋をわたって向こうに行くんで、あっちに住んでるんじゃないですかね」

番人は北辻橋の向こうに目を向けて話した。

粂吉と与茂七は顔を見合わせた。

「粂さん、見張るのはその橋の向こうってことになりますね」

「うむ」

粂吉はうなずいてから、番人に今日は見ていないかと聞いた。

「今日はまだ見てないですね」

それを聞いた二人は北辻橋をわたった。

「粂さん、さっきの人相書はどうしたんです？」

与茂七は金吾の人相書に気づいていたようだ。

「捜してくれと頼まれているやつだ。それより、加瀬と篠原を捜すのが先だ」

条吉はうまく誤魔化して、

「ここから先の店に手当たり次第聞き込みをしていく。与茂七、おまえは四ツ目之橋の向こうからはじめてくれるか」

「へい、合点で」

剽軽《ひょうきん》に応じた与茂七は、深川北松代町《ふかがわきたまつしろちょう》のほうへ歩いて行った。

条吉は近くの本所柳原一丁目から聞き込みを開始した。


その頃、伝次郎は竪川のずっと東、町屋が切れる場所まで来ていた。町屋は小梅《こうめ》五之橋町《ごのはしちょう》と言うが、商売をやっている店は少ない。それも小さな店ばかりだ。

この町から東は、町奉行所の管轄外になる。いわゆる墨引きの外だ。川の南側には長さ三十三間程の潮除堤《しおよけつづみ》があり赤い彼岸花が咲き乱れていた。

伝次郎は河岸道に鷹のような目を向けると、ゆっくり舳《みよし》を返し、猪牙舟を流れにまかせながら下りはじめた。

(どこにいるのだ)

人の通りは少ない。侍の姿はなかった。

そのままゆっくり五ツ目の渡し場を過ぎ、竪川と横十間川《よこじっけんがわ》の合流地まで来た。横十間川の北には旅所橋《たびしょ》、南には清水橋《しみず》が架かっている。旅所橋をくぐって北へ上れば、亀戸天神のそばへ行く。

伝次郎はそちらへ行こうかと少し迷ったが、もう一度川を戻ることにした。

「旦那、旦那」

与茂七の声がしたのは、北松代町河岸へ来たときだった。

七

伝次郎が河岸地に舟を寄せると、与茂七が近くまで駆けてきた。

「やつらはこっちに隠れているはずです。橋番が見ているんです」

「なに」

「北辻橋より東のほうにいるのはたしかです」

「条吉はどうした？」

「条さんは北辻橋から四ツ目之橋までの町屋を探っています。それでおいらは四ツ目橋からこっちの聞き込みをしてんです」

伝次郎は河岸道に視線を向け、すぐ与茂七に顔を戻した。

「下手に動きまわるのは考えものだが、聞き込みをつづけろ。おれは五ツ目の渡し場の先の町を聞き込む。終わったら北辻橋東詰の茶屋で待て。条吉にもそう伝えるんだ」

「承知しやした」

与茂七が駆け去ると、伝次郎は再び猪牙舟をまわして五ツ目の渡し場に向かった。ようやく加瀬と篠原に近づいたという感触を得ていた。

五ツ目の渡しそばに猪牙舟を舫い、河岸道にあがった。渡し場には以前橋が架けられていたが、往来が少ないために取り払われ、以降渡し舟で行き来するようになっていた。

渡し舟は五之橋町河岸と対岸の河岸を行き来している。荷を積めるひらた舟で、亀戸村の管理になっていた。

伝次郎は中之郷《なかのごう》五之橋町から聞き込みを開始した。このあたりはもう江戸の外れで、町屋といっても閑散としており、往来も少ない。小店ばかりが建ち並び、のんびりした風情が漂っている。店の者も暇そうに表の床几に座ったり、店のなかでぼんやりしている。

半刻《はんとき》（一時間）ほどで聞き込みを終えたが、人相書を見せても見たと言う者はいなかった。念には念を入れ、町の裏通りにも聞き込みをかけたが、やはり結果は同じだった。

（この町ではないか……）

伝次郎は再び猪牙舟に乗り込み、粂吉と与茂七の調べを待つために、北辻橋へ行き、河岸にあがると、橋のそばにある茶屋に腰を据えた。

粂吉がやってくるまで、それから小半刻もたたなかった。

「旦那、やつらはこの近くにいます」

そう言った粂吉はいつになく緊張の顔で言葉をついだ。

「何人も二人を見た者がいるんです。四ツ目の近くの店で買い物もしています。それに、昨日も酒屋に姿をあらわし、どぶろくを買っていったそうで……」

伝次郎は四ツ目之橋のほうに目を向けた。すると、与茂七が駆けるようにやってくるのが見えた。

「その酒屋は二人がどこにいるのか知らないのだな」

「へえ、そこまではわかっていません」

粂吉が答えたとき、与茂七が息を弾ませてやってき、

「旦那、やつらは四ツ目の近くにいるようです」

と、粂吉と同じようなことを言った。

「二人がどこにいるのか、それはわからぬのだな」

「へえ、そこまではわかっていませんが、昨日もその前も干物屋で買い物をしています。見慣れない浪人だし、むさ苦しいなりをしているので間違いないと言います」

伝次郎は茶を飲んで短く考えた。

「どうやら二人が四ツ目の近くにいるのはたしかなようだ。腰を据えて見張ることにしよう」

伝次郎はそう言って立ちあがった。四ツ目之橋の近くにある町屋は、本所茅場《かやば》町《ちょう》三丁目と北松代町一丁目である。

条吉の言う酒屋は、本所茅場町のほうにある一杯売りをする小売り酒屋だった。その店に加瀬と篠原は三度ほどあらわれている。

さらに、北松代町の惣菜屋にも二度姿を見せているのがわかった。

伝次郎は本所茅場町三丁目にある林屋という水油《みずあぶら》仲買をやっている店に事情を話し、小部屋を貸してもらった。

伝次郎は橋際にある橋見守番屋の前にある腰掛けで目を光らせることにした。羽織を脱ぎ、着流しを尻端折《しりはしょ》りし、菅笠を被っていれば町方には見えないし、通り行く人の目に見えないように刀を背後に隠した。

四ツ目之橋は長さ十間半（約一九・一メートル）・幅三間（約五・五メートル）の板橋だ。橋の南側は火除地《ひよけち》で、伝次郎のいる近くの河岸地には毎朝六つ頃から四つ頃まで前栽市《せんざいいち》が立つが、もうその刻限は過ぎている。

日は中天《ちゅうてん》を過ぎており、ときどき侍の姿を見る。いずれも大名家の勤番だとわかる。近くには諸国大名家の中屋敷や下屋敷があるからだ。しかし、しおたれた浪人ともなれば、いやでも目につくはずだ。

加瀬も篠原も小市を殺したあとは、おそらく着の身着のままであろうことは推量できる。

「腹が減った」

柱にもたれ居眠りをしていた篠原が、ふと目を覚ましてそんなことをつぶやいた。

腕枕で横になっていた加瀬はそのことで半身を起こした。

表は日が翳りはじめている。縁側の先に見える空には茜《あかね》雲が浮かんでいた。

「何か買ってくるか？」

「ああ、そうだな」

篠原は気のない返事をしたあとで、風呂にも入りたいと言った。

それは加瀬も同じだった。着物は汗と垢で汚れ、そして臭くなっていた。風呂に入って着替えをしたい。それには先立つものがいる。

「今夜はどうする？　よもや、しくじりはできぬぞ」

加瀬は篠原の細い目を見つめた。金を持っていそうな商人を脅したが、いっしょにいた男に提灯を投げられ、大声で叫ばれたのでしくじっていた。

予測しないまさかのことだったので、すっかり慌てて逃げたのだが、いま思い起こせば無様《ぶざま》としか言いようがない。

「そうだな。今夜は場所を変えるか……」

「どこにする？」

加瀬は篠原を見つめたまま問う。

「竪川の河岸道でおれたちが強請ったやつらのことを考えると、やはり場所を変えたほうが賢明であろう。奪った金は高が知れているが、あの者らが番屋に訴えていれば、注意の目が光っているはずだ。町方にも知らされていると考えたほうがよい」

「だから、どこにすると聞いているのだ」

聞かれた篠原はふうとため息をつき、

「深川へ行こうか。金ができたら宿を取り、明日の朝、行徳船《ぎょうとくぶね》に乗ろう」

「行徳船……」

「あの船は毎日、小名木川《おなぎがわ》を行き来している。朝一番の船で行徳に行くのだ」

「行徳か……行ったことはないが、よかろう」

加瀬はもうどこでもよかった。とにかく安心できる場所へ行き、早く骨休めをしたかった。隙間だらけで雨漏りのする、いまにも倒壊しそうなあばら家にいるのにも疲れていた。

「その前に腹拵えだ。もうすぐ日が暮れる。加瀬、何か買ってくる。金を出せ。おれはもう懐が寂しいのだ」

篠原はそう言って立ちあがった。加瀬は懐から出した二つ折りの財布を篠原にわたしたが、さほどの金は入っていなかった。

「飯を食ったら深川へ行こう」

篠原はそう言って、塒《ねぐら》にしているあばら家を出て行った。

八

それは本所入江町《いりえちよう》の時の鐘が、七つ（午後四時）を知らせて半刻ほどたったときのことだった。

伝次郎は忍耐強く見張りをしているが、加瀬と篠原の姿を見ることはなかった。

暮れかかった空をわたる鴉を見送り、行商人が目の前を通り過ぎ、視線を四ツ目通りに向けたときだった。

ひとりの浪人が姿をあらわしたのだ。四ツ目之橋から南北に延びるのが四ツ目通りだが、その浪人は北のほうから歩いてくる。

伝次郎は菅笠の陰にある双眸《そうぼう》を厳しくして凝視した。浪人は徐々に近づいてくる。髷が乱れ、着衣はよれている。

伝次郎は懐から出した人相書を見て、浪人に視線を戻した。

（篠原だ）

胸中でつぶやき、篠原に注意の目を向ける。背後に隠した刀に手をかけ、加瀬彦三郎はどこだと、篠原の背後に目を注いだ。その姿はない。河岸道に出た篠原は立ち止まって町屋の左右を見た。その影が長くなっている。

篠原は伝次郎には気づいていない。だが、近くの林屋で見張りをしている粂吉と与茂七のことが気になった。いまは下手に手出ししてほしくない。

篠原はいずれ、ひそんでいる場所に戻るはずだ。様子を見て尾行すべきだと伝次郎は判断した。

篠原は茅場町にある店を物色するように歩き、引き返してきた。北松代町一丁目の惣菜屋の前で立ち止まり、豆腐屋へ足を移した。

そのとき、林屋から与茂七と条吉が出てきた。伝次郎は内心で舌打ちをし、激しく首を振った。だが、条吉も与茂七もそれには気づかない。

条吉が十手を取り出した。与茂七も腰の後ろに差している十手に手をやった。

（やめろ、近づくんじゃない！）

伝次郎は内心で叫び、さっと立ちあがった。

そのとき、豆腐を受け取った篠原に条吉が声をかけた。篠原の形相《ぎょうそう》が一変したと思うや、豆腐を条吉に投げつけ、腰の刀を抜いて与茂七に斬りかかった。

「うわっ！」

与茂七が後じさって尻餅をついた。

「神妙にせよ。南町奉行所だ！」

伝次郎は尻餅をついている与茂七を庇うように立った。篠原の細い目がくわっと見開かれ、その顔が西日にあぶられた。

「くそッ」

篠原は吐き捨てるなり、撃ちかかってきた。伝次郎は擦りあげてかわし、右八相《はっそう》に構えた。殺してはならない。生け捕りにして加瀬の居所を聞き出さなければならない。

「粂吉、手出ししてはならぬ」

伝次郎は注意をうながして、じりじりと篠原との間合いを詰める。篠原は平青眼《ひらせいがん》に構えたまま後じさる。細い目を光らせ、大きな口を引き結んでいる。人相書どおりだ。

「やあーッ！」

篠原が上段に振りあげた刀を、拝み打ちに撃ち込んできた。

伝次郎は体をひねってかわし、篠原の背に一太刀浴びせようとしたが、すんでのところで刀を止めた。斬ってはならないという気持ちが躊躇わせたのだ。

だが、それがいけなかった。篠原はささっと間合いを取るように離れると、そのままくるっと背を向けて逃げ出した。

「粂吉、与茂七、逃がすな。だが手を出してはならぬ！」

伝次郎が指図をする前に粂吉が駆けだしていた。そのあとを追って伝次郎が駆け

与茂七が追いかけてくる。

篠原は本所茅場町三丁目から柳原六丁目へ逃げ、右の路地に姿を消した。条吉がそれを追って町の角に消える。

通りを歩いている者たちが立ち止まり、商家の前にいた店の者が夕暮れの騒ぎに驚いていた。

伝次郎が、篠原が逃げ込んだ路地に入ったとき、大八車が角から曲がってきた。

「どけ、どくのだ！」

大八車を引いていた男は驚いて脇に寄ったが、大八車は小回りが利かないし、角を曲がりにくい造りだから、路地を塞ぐ恰好になった。

「何やってやがんだ！　どきやがれ！」

与茂七が怒鳴ったとき、荷台に積んであった三つの米俵が道に転がり落ちた。

「ええいッ」

伝次郎は転がる米俵を飛び越えて、篠原を追う条吉を追った。

その条吉は亀戸町のなかほどにある田中稲荷の前で、篠原に斬りかかられていた。うまく逃げて下がったが、篠原はさらに斬り込んでいく。

「条吉、逃げるのだ！」

伝次郎は声をかけて二人に近づいた。粂吉が慌て顔で逃げてくる。それを見た篠原は、また身を翻して逃げはじめた。

四ツ目通りを突っ切り、まっすぐ逃げる。右は北松代町一丁目、左は北松代町裏町だ。

伝次郎が距離を詰めたとき、篠原の姿がさっと左へ折れて見えなくなった。逃がしてはならぬと、その角を曲がった瞬間だった。

「おりゃあ!」

「あッ」

逃げるのをやめ、待ち伏せていた篠原が白刃を閃《ひらめ》かせてきた。

伝次郎は小さな声を漏らして、横に倒れ、商家の板壁に肩を打ちつけた。

「旦那ァ……」

粂吉の悲鳴じみた声がした。

第七章　嬉し涙

一

ズドッという音が伝次郎の耳許でした。

篠原の突きが板壁を貫いたのだ。刀を引き抜くのに手間取るのを見た伝次郎は、横に転がって立ちあがった。篠原は刀を引き寄せ、上段に構え直したところだった。

「加瀬はどこにいる？」

伝次郎は間合いを取って篠原に問うた。

篠原は答えない。細い切れ長の目を禍々《まがまが》しく光らせ、大きな口をねじ曲げ、爪先で地面を噛み間合いを詰めてくる。

「座頭の小市を殺したのは、きさまらだな」

「…………」

篠原は黙したまま詰めてくる。額に浮かんだ汗が頬をつたい、顎からしたたっていた。呼吸はあきらかに乱れており、肩が上下している。

伝次郎も汗をかいている。

呼吸を整えるために、静かに息を吐き、息を吸うを繰り返す。

「紫屋の弥助を殺したのも、きさまらであろう」

篠原のこめかみがぴくりと動き、細い目がわずかに見開かれた。

「やはり、そうであったか」

伝次郎が言った瞬間、「わあー！」と奇声を発して篠原が撃ちかかってきた。右からの面、左からの面と連続して撃ち込んで、さらに突き突きと送り込んできた。

伝次郎は右へ左へと打ち払い、突きをすり落とした。

篠原はギョッとした顔で下がると、パッと地を蹴ってまたもや逃げはじめた。

「待て、待つのだ！」

そう言っても待つわけがない。伝次郎は篠原を追った。背後から与茂七と粂吉が駆けてくる。

篠原は北松代町裏町の路地を抜けると、亀戸村の百姓地に入った。黄金色の稲田が夕日に照り輝き、風になびいていた。

篠原は狭い畦道《あぜみち》を逃げると、左手にある竹林に飛び込んだ。竹林には夕日の作る光の筋が何本も射していた。

「加瀬！　彦三郎！　町方だ！」

竹林を抜ける間際に篠原が、近くにあるあばら家のほうに叫んだ。

伝次郎がもうすぐ竹林を抜けようとしたとき、あばら家からひとりの男が姿を見せた。

逃げてくる篠原を見、そして竹林を出たばかりの伝次郎に鋭い眼光を飛ばしてきた。

「加瀬彦三郎だな。こんなところに隠れていたとは……」

伝次郎はゆっくり歩《ほ》を進めた。

加瀬が抜刀してあばら家から出てきた。呼吸を乱し、汗みずくの篠原はハアハアと荒い息をしながら、

「町方は他にはおらぬ。加瀬、やるんだ」

と、声をかけた。

「言われるまでもなく」

篠原に応じた加瀬が進み出てきて、伝次郎との間合い二間（約三・六メートル）で立ち止まった。四角張った顔にある大きな目をぎろりと光らせ、左足を前に出して右八相に構えた。

「ここは奉行所の立ち入ることのできぬ代官領だ。それを承知でおれたちを捕まえる肚づもりであるか」

「ほう、人殺しのくせに小癪《こしやく》なことをぬかす。あきれたことよ」

伝次郎は言葉を返した。とたん、加瀬は頬をひくつかせた。

「そんな決まり事など、きさまらには通らぬ道理。怪我をしたくなければおとなしく縛《ばく》につくことだ」

「何をッ」

「やれ、やるんだ」

篠原が息を切らしながら加瀬をあおった。それに呼応した加瀬が一気に間合いを詰めてきた。右から袈裟懸《けさが》けに振り、かわされると逆袈裟に刀を振りあげた。

伝次郎は体をひねりながら、軽く剣先でいなし、立ち位置を変え、さらに低くなった夕日を背にした。加瀬の四角い顔が夕日に染まり、まぶしそうに目を細める。

横に広がった鼻で荒い息をして、突きを送り込んできた。

伝次郎はすり落として、さっと刀の切っ先を加瀬の喉元につけた。

「うッ……」

「これ以上刃向かえば、命はないと思え」

伝次郎は眼光鋭く加瀬をにらむ。

「わ、わかった……か、刀をどけてくれ……」

加瀬は声をふるわせた。

伝次郎は短い間を置いて、すうっと刀を引き寄せた。瞬間、加瀬の刀が上段に振り上げられ、唐竹割《からたけわ》りに振り下ろされた。

ガチーン！

耳朶《じだ》に響く鋼《はがね》の音がし、同時に刀がくるくると宙を舞い、彼岸花の咲いている草むらに落ちた。それは加瀬の刀であった。

転瞬、伝次郎は鋭く踏み込むと同時に、加瀬の鳩尾《みぞおち》に激烈な勢いで柄頭《つかがしら》を打ち込んだ。

「うぐッ……」

加瀬はうめきを漏らし、そのまま膝からくずおれて動かなくなった。

「粂吉、縄を打て」

伝次郎は命じてから地面にへたり込むようにして座っていた篠原を見た。

篠原は信じられないといった顔で伝次郎を見、慌てたように立ちあがった。刹那《せつな》、
伝次郎は一気に間合いを詰め、

「逃がしはせぬ！」

と、怒鳴ったとき、篠原は背中を見せて逃げようとしていた。

「とーッ！」

伝次郎は篠原の後ろ肩に、一太刀浴びせた。これは棟打《むねう》ちであった。

「うわッ……」

肩を打たれた篠原は腰くだけになって前に倒れた。刀をつかんでいる手を伝次郎に踏みつけられると、恨めしそうにゆがめた顔を向けてきた。

「観念するのだ」

伝次郎はそう言うなり、篠原の腕を強く踏み、手から刀がこぼれると遠くに蹴り、首筋に刀の切っ先を突きつけた。

「与茂七、縄を……」

「へい！」

二

捕縛した加瀬と篠原の取り調べは、本所茅場町の自身番にて行った。

二人はだんまりを決め込んでいたが、加瀬の口がゆるむと、篠原も釣られたように白状しはじめた。

鎧の渡しでの殺しは、小市といい仲だったお勢から聞いたこととほぼ同じであったが、詳しくは以下のようなことだった。

その日、加瀬と篠原は小網町二丁目、思案《しあん》橋のそばにある船宿の二階で酒を飲んでいた。少し離れたところに、見目のいい女と商家の若旦那風のやさ男が、料理膳を挟んで向かい合っていた。

だが、二人は料理や酒には手をつけず、深刻そうな顔で話し込んでいた。聞き耳を立てると、どうやら男のほうが言い寄っていて、女のほうはその気がないというのがわかった。

女のほうは心底困った顔をしているが、男のほうは執拗《しつよう》に言葉を重ね口説こうとしている。加瀬と篠原はあきれ顔をして、二人を眺めながら、酒の肴にしていた。

女にはその気がないのがはっきりわかったし、男は強引に自分のほうに気を向けようとしている。

「愚かなやつだ」

加瀬が小馬鹿にしたように言えば、篠原は女が気の毒になってきたとつぶやいた。

二人はそれから小半刻ほどして船宿を出て行ったのだが、加瀬と篠原は興味本位にあとを追うように店を出た。

と、男と女は鎧の渡し場のそばで立ち話をはじめたのだが、女がつかまれた袖を振り払おうとすると、男のほうがいきなり首を絞めた。

「こうなったら、いっしょに死んでくれ」

男はそんなことを言って、女を絞め殺すと、そのまま目の前の川に落とした。これには加瀬も篠原も驚いて、声をなくして見ていた。ところが男は女のあとを追って飛び込もうとするが、あきらかに躊躇っている。

そのとき加瀬が、

「あやつ、無理心中するつもりだったのだろうが、ひとりだけ生きのびる肚だ。見苦しいことをしやがる」

と言えば、篠原が思いついたようなことを口にした。

「あやつ、金を持っていそうだな。あの世にはいらぬ金ではないか」

そう言って加瀬と顔を見合わせると、そのまま男のそばへ行き、

「きさま、女を殺して生きているつもりか……」

襟をつかんで引き寄せると、男は顔を引き攣《つ》らせた。

「女のあとを追って死ぬつもりなら手伝ってやる」

篠原は言うが早いか、脇差を男の胸に突きつけた。

「きさま、どこの何者だ?」

加瀬が威嚇《いかく》する低い声で迫ると、

「ど、どうかお許しを。き、斬らないでください。わたしは紫屋の弥助と申します。どうかご勘弁を……」

と、弥助は蚊の鳴くような声を漏らして許しを請うた。

「きさまのようなやつは勘弁できぬのだ。や、きさま、ずいぶん重い財布を……」

加瀬は弥助の懐をあさって気づき、財布を抜き取った。それを見た篠原は、

「あの世にはいらぬ金だ」

と言うなり、弥助の胸を刺してそのまま川に落とした。

人通りは絶えているし、渡し場のそばは深い闇に覆われていた。二人は誰にも知られていないと確信してその場を離れた。

ところが、そのことを知っている者がいた。

和泉橋にいた座頭の小市である。

小市殺しの一件――。

その日、加瀬と篠原は立花屋の女房・おゆきと密通していた山田屋の番頭・全蔵に脅しをかけて口止め料をもらう予定だったが、全蔵はまだ金の都合がつかないか

らもう少し待ってくれと拝み倒してきた。

加瀬と篠原はしぶしぶながら待つことにし、そば屋のたぬき庵で酒を飲んで店を出た。

「やつは必ず金を都合すると言ったが、信用できるかな」

加瀬は歩きながらそんなことを言った。

「たっぷり脅したので、約束を違《たが》えればどうなるかわかっているはずだ」

篠原は懸念《けねん》には及ばぬ、全蔵は必ず金を拵えるはずだと付け足した。すると加瀬が信用して安心していたら裏をかかれるかもしれないと言葉を返す。篠原はおぬしにしては、めずらしく思慮の深いことを言うと苦笑した。

二人がそんなことを話しながら、和泉橋をわたりきったとき、背後から声がかけられた。

「お侍、いけませんな。あたしゃ知ってんですよ」

二人が振り返ると、神田川の畔に置かれている腰掛けに座っている座頭だった。

「あたしゃ、目は見えませんが、あいにく耳がいいんでね。お侍は鎧の渡しで無理心中を手伝われましたな。あのままどこぞへ身を隠されたと思っていたら……」

そこまで小市が言ったとき、加瀬は生かしておけぬと思った。紫屋弥助殺しは絶対に知られてはならない秘密だったからだ。

「きさま、いい加減なことをぬかすと、ただではおかぬぞ」

加瀬は小市に迫って恫喝《どうかつ》した。

「やっぱりそうだ。お侍、あたしの耳は誤魔化せません。お名前を教えてもらえませんか？　出るとこに出てお裁きを受けるのが人の道ではございませんか。まあ、こんなことを言ってもおわかりにはならないでしょうが、後ろめたいことを背負って生きるのは辛うございますよ」

小市は不遜《ふそん》な顔でそんなことを言った。加瀬はその言葉に逆上し、刀の鯉口《こいぐち》を切ったと思ったら、そのまま抜刀して小市をバッサリ斬り捨てた。

「旦那、あの二人をまた連れに来なきゃなりませんね」

伝次郎の猪牙舟に乗り込んだ与茂七が顔を向けてきた。

大方の取り調べを終えたあとだった。捕縛した加瀬と篠原はそのまま自身番に留め置いているが、いずれ大番屋に移さなければならない。

「おおむねわかった。これからあとのことは、本多長十郎にまかせようと思う」

棹をつかんだ伝次郎がそう言うと、粂吉がさっと顔を向けてきた。

「この調べは本多が受け持っていた。思いもかけぬことで怪我をしているが、そろそろ傷も癒《い》えているであろう。あとの始末は本多にやらせる」

伝次郎の言葉に粂吉は驚き顔を向けていた。

「それでよいのですか……」

伝次郎はうむとうなずき、岸辺を棹で押した。猪牙舟はすうっと流れるように夜の竪川を滑りはじめた。静かな川面には、空に浮かぶ星と月が映り込んでいた。

「与茂七、帰ったらすぐに本多の屋敷に走り、加瀬と篠原を捕まえたことを知らせ、明日からの調べをまかせる旨、伝えてこい」

「へい、承知しやした」

伝次郎はもし本多長十郎の傷がいまだ癒えずにいるなら、引きつづき自分が受け持とうと考えていた。

しかし、その心配はなかった。長十郎はすでに快復しており、与茂七から報告を受けると、即座にあとの始末は自分が受け持つと言ってくれたのだ。

伝次郎がそのことを聞いたのは、川口町の自宅で粂吉を相手に酒を飲んでいるときだった。

「そうか、傷が治っていてよかった。与茂七、ご苦労であった」

長十郎の屋敷から戻ってきた与茂七の労をねぎらったとき、

「旦那、折り入ってのご相談があります」

と、急に粂吉が尻をすって下がり、両手をついて畏《かしこ》まった。

三

「なんだ？」

伝次郎は盃を宙に浮かして粂吉を見た。

「小市殺しの件があるので黙っていやしたが、その一件が片づいたいま、力をお貸し願いたいんです」

「ふむ」

「おもんという女と紫屋弥助の心中騒ぎがあったとき、あっしはあの件を請け負われた栗田の旦那の助をしました。あの件は旦那の調べで心中ではなく殺しだというのがわかりましたが、弥助に殺されたおもんには、おゆうという妹がいます。十七の娘で、姉のおもんを母親のように慕い、またその姉を心から頼りにしてきた娘です。ですが、おもんが死んでしまい、身寄りのない独り身になっています。もはや姉を頼ることはできないんで、藍玉問屋ではたらくようになりましたが、口下手で引っ込み思案のせいか店をやめました」

「ひょっとしてそのおゆうというのは、いつか粂さんがおれに話した女ですね」

手酌で酒を飲みはじめた与茂七が、口を挟んだ。

粂吉は一度うなずいて話をつづけた。

「おゆうは姉のおもんが残した五十両ばかりの金を持っていたんです。ですが、その金を盗んだ野郎がいます。おゆうと同じ長屋に住む風呂焚きの金吾という男です」

粂吉はこれがそうですと、人相書を取り出して見せた。

「あ、それは……」

また与茂七だった。加瀬と篠原の行方を捜すためにに聞き込みをしていたときに、与茂七は同じ人相書を見ている。だから、驚きの声を漏らしたのだ。

伝次郎は人相書を手に取って眺めていたが、ゆっくり粂吉に顔を戻した。

「おまえはこの男を捜しているのだな」

「へえ、おゆうはその金がないと文無しになります。姉のおもんが苦労して貯めた金です。なんとしてでも取り返してやりてえんです」

「何故、それほどまで入れ込む。おゆうのことを昔から知っていたのか？」

「いえ、おゆうに初めて会ったのは、おもんと弥助の心中騒ぎのときです。姉の遺体《おろく》を前に、おゆうは華奢な体をふるわせて泣いておりやした。その後ろ姿を見たとき、あっしが小さいときに生き別れた、妹のおさとに重なったんです。そこにおさとの幻を見たような気がしやした。ですが、それは一時のことでしばらくして忘れましたが、つい先日、またおゆうに会ってから気にかけはじめたら、金を盗まれたと慌てふためいておりまして……」

「なるほどな。それでおゆうは盗まれたことを訴えているのか？」

「いいえ、金吾が盗んだという証拠《あかし》がないし、また、おゆうがほんとうにそんな大金を持っていたというのを証す者がいません」

そういう事情であれば、御番所に訴えても安易には信じてくれないだろう。伝次郎は条吉の言うことがよくわかった。

「それで、金吾のことはどこまでわかっておる」

聞かれた条吉は、それまで調べたことを順を追って詳しく話していった。

「金の入っていた壺は見つかっておらぬのだな」

伝次郎はひととおりの話を聞いたあとで問うた。条吉は見つけられずにいると答えた。

「金吾はいまの長屋にも宝湯にも戻っていないのか」

「おそらく。明日にでもたしかめてみるつもりですが……」

「金吾は浅草の小間物屋に六年奉公していたのだな。すると浅草界隈の地理にはあかるいはずだ。家を継いだ弟とうまくいっていないなら、おそらく郷里には帰っておらぬだろう。与茂七」

突然名指しされた与茂七は、へっと目をまるくした。

「金吾はおまえとさほど年が変わらぬ。もし、おまえが金吾なら金を盗んだあとどうする？」

「おれがですか……」

与茂七は視線を天井の隅に向けて思案顔をした。伝次郎は言葉を足した。

「金吾は貧乏百姓の生まれで、花のお江戸に出てきて一旗揚げようと考えていたが、思いどおりにはいかなかった。奉公もつづかない、辛抱の足らぬ男だ。これまで満足な金を稼ぐこともできなかった。暮らしも人並みではなかったであろう」

思案していた与茂七が伝次郎に顔を向けた。

「おれなら、まずは旨いものを食って酒を飲みますね。あ、着物も新しいのを誂《あつら》えるでしょう。それから……」

与茂七は「えへへ」と、にたついた。

「なんだ?」

「その、まあ、女を買いに行きます。吉原は目の玉が飛び出るほど高いのはわかっているんで、その辺の岡場所に行っちまうと思います」

「はたらこうとは思わぬか?」

「金のあるうちはそんなことは考えないでしょう。もっとも五十両は大金ですから、ちょいと知恵のあるやつなら商売の元手にするかもしれませんが、粂さんの話を聞くかぎり、金吾はそんな野郎じゃないでしょうね」

「まあ、そんなところであろうな」

伝次郎は嘗めるように酒を飲んでから粂吉を見た。

「おさとという、おまえの妹はいまどうしているのだ？」

「わかりやせん。生きているのか、どこにいるのかも……」

「おまえはその妹を置き去りにしたことを深く後悔しているのだな」

「へえ」

「つまり、おゆうを助けることは、おさとへの罪滅ぼしでもあると考えている……」

「そんな気持ちがないと言えば嘘になるでしょう」

「よし、明日から動いてみよう」

「ありがとうございます」

深く頭を下げる粂吉は、めずらしく目をうるませていた。

四

おゆうの返事を聞いた粂吉が腰高障子を開けると、

「朝早くからすまないな。飯を食っていたのか……」

粂吉が言うようにおゆうは居間にきちんと座って、飯碗を持っていた。膝許には味噌汁が置いてあった。臆病そうな目を伝次郎に向け、慌てたように座り直した。

「心配いらねえ。こちらはおれが仕えている南町の与力、沢村伝次郎様だ。旦那、これがおゆうです」

おゆうは畏《かしこ》まって頭を下げた。

「飯時にすまぬな。話は粂吉から聞いたが、風呂焚きの金吾はまだ戻っていないのだな」

伝次郎は敷居をまたいで三和土に入った。

「はい」

「そなたの姉さんが貯めた金を盗んだのは金吾であろうか？」

おゆうは怯えたような顔を粂吉に向け、それから伝次郎に戻した。

「他に盗むような人はいません。それに、あの人は姉さんの稼ぎをいろいろ聞きたがっていましたし、たいした用もないのに訪ねてきて、この家のなかを見まわしていました」

おゆうはゆっくりした口調で話した。

「他に、この家に出入りした者はいないか？」

「……姉さんが亡くなってからは、船宿鈴木屋の与一郎さんが一度。あとは粂吉さんだけです」

「与一郎というのは、おゆうの姉と夫婦契りをしていた船宿鈴木屋の跡取りです」

粂吉が説明をした。

「鈴木屋と言えば、鎧の渡しに近いところにある船宿だな」

「さようです」

夫婦契りをしていた男が、おもんの金を盗むというのは考えにくい。それに鈴木屋の跡取りなら、金に窮してはいないはずだ。

「金を壺に入れていたそうだが、どこに置いていたのだ」

伝次郎が聞くと、おゆうは柳行李のそばの畳を指さして、その床下に置いていたと言った。金は畳紙《たとうがみ》で包んだ切餅《きりもち》（二十五両）がひとつ、あとは一分や一朱などがばらばらに入っていたと言う。

「金吾のことはいろいろと条吉が調べているが、金吾の行き先に心あたりはないだろうか？　あるいは金吾が付きあっていた者を知らぬか？」

おゆうは首を捻《ひね》ってから、わかりませんと答えた。

伝次郎は一度家のなかを眺めてから、

「おゆう、きっと金吾は捕まえてみせる。だが、金はすべては戻ってこないだろう。そのこと心得ておいてくれ」

「はい、よろしくお願いいたします」

伝次郎は頭を下げたおゆうを見てから、表に出た。長屋の連中が伝次郎たちに好奇心の勝った目を向けていた。

伝次郎は条吉の案内で金吾の家を見た。厠に近い狭い家で、おそらく長屋のなかでは一番店賃の安い家だと察せられた。調度の品は少なく、ぞんざいにまるめられた夜具の浴衣が無造作に置かれている。目につくものはなく、金吾の貧乏暮らしを想像することができた。

「おゆうが金を盗まれたのは、昼間のことであったな」

伝次郎は粂吉を見て聞いた。

「さようです。おゆうが出かけている間のことです」

「そのとき、金吾を見た者がいないか聞き込むのだ。誰か見ているかもしれぬ」

伝次郎は粂吉と与茂七に指図をして、長屋の表通りに出た。近くには小売酒屋、履物屋《はきもの》、青物屋《あおもの》などの小店がある。大通りから一本入った路地なので、人通りはさほど多くない。伝次郎はそれらの店に聞き込みをしていった。

小半刻とたたずに聞き込みは終わったが、案の定、金吾を最後に見た者がいた。長屋に出入りしている油売りだった。与茂七が声をかけたら、木戸口でぶつかりそうになったと話したという。

与茂七はその油売りを伝次郎のそばに連れて来て話をさせた。

「この奥に住んでいる男だというのは知っていましたが、あのときはずいぶん慌てた様子であっしに、気をつけろ、と言って逃げるように行っちまったんで覚えてんです」

油売りは汚れた手拭いで口のあたりをぬぐって話した。

「そのとき金吾は何か抱えていなかったか？」

「風呂敷で包んだものを大事そうに抱えていました」

伝次郎はやはり金吾が盗んだのだと確信した。何刻頃だと聞けば、八つ頃だったと言う。

「それで金吾はどっちへ行った？」

油売りは材木河岸のほうを指さした。

伝次郎は楓川沿いの河岸道を江戸橋方面に向かって歩いた。粂吉と与茂七に川に壺が落ちていないか探せと指図し、自分もあれこれ考えながら川に目を凝らしていった。

「金の入った壺は軽くはなかったはずだ。どこかで壺を捨て、金を勘定しているはずだ」

「人目につかないところですね」

粂吉がそう言う。

「おそらく、その場所は遠くではないだろう」

伝次郎は越中橋のそばで立ち止まってあたりを見まわした。

金吾はこの近所に住んでいた。そして、勤めていた宝湯も近くだ。人目につかない場所はと考えたとき、本材木町四丁目に稲荷社があるのを思いだした。

伝次郎はその稲荷社に足を向けた。与茂七がどこへ行くんですと追いかけてくる。

そこは河岸道から少し入ったところにある稲荷社である。数段の石段があり、祠《ほこら》の周囲には榊《さかき》や楓や南天《なんてん》が植えられている。

伝次郎は祠の背後をのぞいて、カッと目をみはった。

「あったぞ。壺だ」

粂吉が背後からのぞき込んで、その壺に間違いないと言う。その壺は割られていて破片が散っていた。

「黒塗りに白い斑模様があったと言いますから、これです」

金吾は壺を盗んでここで金だけを持って、どこかに消えたということになる。

「旦那、どこを捜します」

粂吉が目を光らせて見てくる。

「いきなり大金をつかんだ貧乏人は、金の使い道を知らないのが相場だ。与茂七が言ったように、岡場所に通ったというのは大いに考えられる。それからどこかの旅籠《はたご》にも泊まっているだろう。着物も新調したに違いない」

「旦那は金吾は浅草の地理にあかるいはずだとおっしゃいましたね。あっしもそう思います。知らない土地に行くより、詳しい土地に行くのが人だと思うんです」

伝次郎はそう言う粂吉を見て、強くうなずいた。

「よし、浅草界隈の旅籠をまずはあたろう。その前に与茂七、おまえは通町筋にある旅籠に聞き込みをしてくれ。人相書は持っているな」

「へえ、さっき粂さんからもらいました」

「よし、行け。粂吉、おまえは浅草で聞き込みをしてくれ。おれは一度御番所へ行き、加瀬と篠原の一件をお伝えしなければならぬが、昼頃に雷門《かみなりもん》前で落ち合おう」

伝次郎はその場で二人と別れると、南町奉行所に足を向けた。

五

二日がかりで金吾の行き先を調べた伝次郎たちであったが、浅草方面に金吾があらわれた形跡はなかった。また、六十数軒の旅籠への聞き込みをやったが、そこにも金吾は泊まってはいなかった。

伝次郎は念のために、金吾が奉公していた浅草の小間物屋・山城屋にも聞き込みをしたが、金吾を知っている奉公人に接触してはいなかった。

いきなり金持ちになった金吾が、昔なじみに会って自慢をしたのではないかと考えてのことだったが、それも外れであった。

それは、伝次郎が金吾捜しをはじめて三日目の朝だった。

いつもより早く粂吉が川口町の自宅を訪ねてきた。息をはずませ、顔を上気させていた。

「旦那、金吾に似た男を見たと言う者がいました」

「どこだ？」

「深川です。門前仲町《もんぜんなかちょう》の鰻《うなぎ》屋〈丸岡屋《まるおか》〉に出入りしていたそうです」

「深川であったか……」

伝次郎はもしや、金吾は深川あるいは上野方面に潜伏しているのではないかと考えているときだったので目を光らせた。

「よし、これから深川へ行こう。千草、出かけるので飯はいらぬ」

伝次郎はそう言ってから、与茂七に支度をしろと命じた。

深川は川口町からさほどの距離ではないが、少しでも早いほうがよいと気が急《せ》いているせいか、猪牙舟に乗り込んだ。

日は昇っているが、まだ町屋には昼間の忙しさはなかった。仕事に出かける職人や商家の奉公人たちの姿が徐々に増えているぐらいだ。

伝次郎は猪牙舟を亀島川から新川《しんかわ》に乗り入れ、そのまま大川に出ると、大島川《おおじまがわ》へ向かった。

「条吉、与茂七、深川に着いたら旅籠をあたれ、おれは門前仲町の置屋に聞き込みをかける」

金吾が丸岡屋に出入りしているのであれば、おそらくその近くにいると考えられる。丸岡屋は庶民には高嶺《たかね》の花の鰻屋である。その店はまだ開いていないだろうが、置屋への聞き込みに遠慮はいらない。

伝次郎は大島川に架かる黒船《くろふね》橋のそばに猪牙舟を舫うと、門前仲町に急いだ。町にある商家は大戸を開け、仕事を開始していた。店の前を掃除する小僧がいれば、大八車に俵物《たわらもの》や樽を積んでいる者たちがいた。

早朝に仕事をする豆腐売りや納豆売り、あるいは魚屋の行商人の姿もあった。

門前仲町に入った伝次郎は、置屋を一軒一軒訪ねてまわった。置屋は遊女を抱えているのがほとんどだが、遊女を斡旋《あっせん》するだけの店もある。

どこの置屋の主も早朝の訪問に迷惑そうな顔をしたが、相手が町方では追い返すことはできない。伝次郎の問いかけに素直に答えてくれた。

聞き込みに食いつきがあったのは、四軒目に訪ねた柳《やなぎ》屋という置屋だった。四十過ぎと思われる大年増の女主は、金吾の人相書を見るなり、

「あら、この人、日を置かずに来る客ですよ。羽振りがよくて心付けをはずんでくれるいい客ですが、この人が何か……」

と、化粧をしていない青白い顔を向けてきた。

「こやつはとんでもない盗人だ。まさか、いまいるのではなかろうな」

女主は驚き顔をして答えた。

「昨夜は見えてませんが、豆吉《まめきち》を気に入ったらしく、来れば豆吉を名指しします」

「豆吉はいるか？」

女主は奥に声をかけた。しばらくして返事があり、縮緬《ちりめん》の浴衣を羽織った女が出てきた。それが豆吉だった。

「いったいなんですの」

豆吉は寝起きらしく、気だるそうな顔を伝次郎に向けた。

「この客を知っているな。金吾という者だ」

豆吉は伝次郎のかざした人相書を食い入るように見てから、目の覚めた顔になった。

「金兵衛《きんべえ》さんだわ。この人、何をしたんです？」

どうやら金吾は偽名を使っているようだ。

「盗人だってさ」

女主が答えると、豆吉は驚いたように目をしばたたいた。

「おそらく深川のどこかに逗留《とうりゅう》していると思われるが、どこにいるか知らぬか」

「どこにいるか知りませんけど、あたしゃてっきり小間物屋の若旦那だと思っていました。そうわたしに話しているんです」

それ以上聞くことのなくなった伝次郎は表に出た。岡場所は静かだ。路地の両側にある商家は、そのほとんどが遊女屋でどこも戸が閉まっていた。

表通りの馬場通りに出たとき、一方から与茂七が駆けてきた。

「旦那、旦那、わかりました。あの野郎が泊まっている旅籠を見つけました」

「どこだ？」

「摩利支天横町《まりしてんよこちょう》の丹後屋《たんご》という旅籠です。あの野郎、金兵衛という名を使ってもう五日も泊まっているんです」

伝次郎は摩利支天横町のほうを見た。馬場通りの南側にある永代寺《えいたいじ》門前仲町の脇から大島川に通じる小道がそうである。

「粂吉は？」

「旅籠の前で見張っています。金吾の野郎は、髪結いに出かけているんです。どこの髪結床かわからねえんですが、いずれ帰ってくるはずですから」

「よし」

伝次郎は丹後屋という旅籠に向かった。その旅籠は摩利支天横町の入り口にあり、馬場通りに面していた。

金吾の帰りを待っていた粂吉が、旅籠の脇から出てきたので、

「旅籠は調べたのか?」

と聞いた。

「いえ、話を聞いてそうだとわかっていますから」

伝次郎は返事をせずに旅籠に入った。応対に出てきた番頭に事情《わけ》を話し、金吾が使っている部屋を見せてもらった。

二階の奥の間で両側を襖で仕切られた上等の部屋だった。小さな押し入れがあり、そこに夜具《やぐ》がしまわれていた。伝次郎が夜具を引っ張り出すと、風呂敷包みが足許に落ちた。

すぐに拾って開けると、切餅だった。一分銀《いちぶぎん》百枚(二十五両)を畳紙で四角く包んだのがそうである。

「おゆうの金だ。まだ半分は使われていなかった」

粂吉がほっと安堵したようにつぶやいた。

「よし、表で見張ろう」

伝次郎はそのまま旅籠の表に出た。

六

雲が日を遮り、辺りがうっすらと暗くなり、またあかるくなった。

金吾はまだ戻ってこない。

伝次郎は通りの左右に視線を走らせながら目を光らせている。粂吉はいつになく厳しい表情で油断のない目を通りに注ぎつづけていた。

「やつでは……」

最初に気づいたのは与茂七だった。

富岡《とみがおか》八幡の参道口、二ノ鳥居のほうからのんびりした足取りで歩いてくる男がいる。

手に巾着を提げ、髷をきれいに結い直している。白足袋に雪駄、柿渋《かきしぶ》色の絣《かすり》に銀鼠《ぎんねず》色の羽織をつけ、得意げな足取りで近づいてくる。

旅籠の前にいる伝次郎たちにはまったく気づいている様子がない。

「あの野郎だ」

条吉が奥歯を軋らせるような声を漏らした。それと同時に、条吉はザッと地を蹴り脱兎《だっと》のごとく駆け出した。

「条吉」

伝次郎は制止の声をかけたが間に合わなかった。条吉はまっすぐ歩いてくる金吾に突進して突き倒した。

「うわっ」

虚をつかれた金吾は尻餅をついて、

「何しやがんだ、この野郎！」

と、喚《わめ》いたが、すぐに頬桁《ほおげた》を拳骨《げんこつ》で殴られ横に倒れた。

条吉は容赦しなかった。倒れた金吾の脇腹を蹴りつけ、それから馬乗りになって何度も顔を殴った。

「その辺でやめておけ」

駆けつけた伝次郎は、条吉の振りあげた手をつかんだ。

「てめえ、人の弱みにつけ込んで、挙げ句、盗みをはたらくとは人の風上にも置けねえごみ虫だ。旦那、止めないでください。あっしは悔しいやら腹が立つやら……」

粂吉は金吾を罵ってから腕を振り払おうとしたが、伝次郎は首を振って、

「もうよいから立つんだ」

と、窘《たしな》めた。

怒りで顔面を紅潮させていた粂吉は、大きく息を吐いてからゆっくり立ちあがった。金吾は鼻血を噴き出し、口の端も切っていた。うずくまったままうめいていたが、与茂七が両手を後ろにまわしてねじりあげると、

「いってえ、なんの真似だ」

と、苦しそうな声を漏らした。

「なんの真似だと！　この野郎ッ！」

興奮の収まらない粂吉がまたつかみかかりそうになったので、伝次郎はもう一度引き止めた。

「落ち着け、話はあとですればよい。金吾、南町奉行所の沢村だ」

「げぇッ」

金吾は驚きの声を漏らした。

「きさまの悪事もこれまでだ。観念するんだ。与茂七、縄を打て」

伝次郎は捕縛した金吾をあえて本材木町五丁目の自身番に押し入れた。おゆうの証言と訴えが必要だからだ。

まずは金を盗んだ経緯《いきさつ》を詳しく聞き出さなければならないが、思いの外《ほか》金吾は強情でだんまりを決め込んだ。

「やい、何を黙ってやがる。てめえが盗んだのははっきりしてんだ。それに、盗んだ壺もここにあるんだ！　いい加減観念しやがらねえか！」

いきり立つのは粂吉である。片袖をまくって、殴りかかりそうになるから、そばにいる与茂七が必死に止めていた。

伝次郎の前に萎縮《いしゅく》して座っている金吾のそばには、稲荷社で見つけた割れた壺が置かれていた。

「奉公がつづかず、一度郷里《さと》に戻ったが家を継いだ弟とうまくいかなかった。ならばもう一度江戸で出直そうと考え、宝湯の風呂焚きになった。さぞや苦しい思いをしたであろうな」

伝次郎は目の前に座っている金吾を冷めた目で見るが、口調は穏やかだ。

「おまえも一人前になりたかった。そう努めてきた。そうであるな」

「…………」

「やり直してまっとうな道を歩きたいという気持ちがあるなら、考えがある」

伝次郎のその言葉に、金吾の顔がひょいと持ちあがった。

「おまえの心得次第では牢送りにならぬということだ」

「旦那」

粂吉が慌て顔をした。

「どういうことで……」

黙っていた金吾が初めて口を利いた。

「身寄りのない不憫《ふびん》なおゆうから金を盗もうなんて思ってはいなかった。だが、つい出来心で盗んでしまった。風呂焚きはつらい仕事だ。実入りも決してよくはない。だが、おまえも人並みに生きようと必死だった。そうであるな」

「……ま、そうです」

「だったら話すんだ。ここで白状しないなら、牢屋敷に移って拷問にかけることになる。そうなれば痛い思いをするだけだ。どんな拷問があるか、おまえも聞いたことがあるだろう。笞《むち》打ち、石抱き、海老責め……。耐えられず死ぬ者もいる。もう、夜が更けてきた。金吾、これから十数える。数え終わっても白状しなければ、大番屋に連れて行く」

　金吾はぶるっと顔をふるわせた。

「ひとつ……ふたつ……三つ……四つ……五つ……」

　金吾の目が迷ったように動く。

「六つ……七つ……」

「話します、話しますから許してください。あっしは一からやり直してまともな道を歩きたいんです」

「よし、ならば聞こう」

　伝次郎はそう言って文机の前に座っている書役に、

「親方、しっかり書き留めるのだ」

　そう命じてから、金吾の話を聞いていった。

　罪人の誰もが自分の不利にならないような話をする。金吾も同じであった。盗む気はなかった、魔が差しただけで心底後悔している、おゆうには申しわけないことをした、使った金ははたらいて返すつもりだ……等々。

「ところで金吾、おまえは他にもやましいことをやっておらぬか……」

大方の話を聞き終えた伝次郎は、そう言って金吾を凝視した。すると金吾の目の奥にあきらかな動揺の色が浮かんだ。金吾には余罪があるのではないかという勘がはたらいたから伝次郎は聞いたのだが、どうやら図星だったようだ。

だが、そのことはいまここで問い糾《ただ》すつもりはなかった。与茂七に命じておゆうを呼びに走らせた。その間、金吾はもう堪忍してくれ、許してくれ、心を入れ替えるなどと泣き言を繰り返した。

「旦那、連れてきました」

戻ってきた与茂七が戸口に立つと、その背後からおゆうがあらわれた。

おゆうはぼうっとした目で金吾を眺めたが、その顔にゆっくり朱が差し、顔を崩し悲鳴じみた金切り声をあげた。

「泥棒ッ！」

七

「返して、姉さんのお金を返して！」

おゆうは両目からぽろぽろと大粒の涙をこぼして、神妙に座ってうなだれている金吾をにらんだ。

「おゆう、すまねえ。この野郎が盗んだ金は取り返したが、全部ではなかった。許してくれ」

興奮しているおゆうに、条吉が両膝に手をついて頭を下げた。その条吉を見たおゆうは、ゆっくりかぶりを振った。

「条吉さんにはお世話になりました。ありがとうございます。ほんとうは……」

「なんだい？」

条吉が頭をあげた。

「条吉さんもわたしを騙すつもりではないかと考えたんです。申しわけありませんでした。そんな人ではなかったんですよね」

おゆうはそう言ってまた涙をこぼした。条吉は何も言わずにうなだれていた。そんな二人を見ていた伝次郎がおゆうに声をかけた。

「おゆう、こやつからは何もかも聞いた。残っている金は三十両に少し足らぬ。あとの金はこやつが使っていた」

おゆうは泣き濡れた顔を金吾に向け、口を数回動かしたが、言葉にはならなかった。恨みがましそうな目で金吾をにらむだけだ。

「すまねえ。おゆう、ほんの出来心だったんだ。魔が差しちまって……」

金吾だった。

「嘘つきの大泥棒！」

おゆうはにぎり締めた拳を振りあげて悲鳴じみた声を発した。

一瞬、自身番のなかがしーんと静かになった。

「おゆう、訴えを出さなければならぬ。こやつを許す気はないな」

聞かれたおゆうはキュッと口を引き結び、首を横に振り、

「許しません」

と、はっきりと言った。

「それじゃ牢送りだ」

伝次郎が言うと、金吾が「それじゃ話が違う」と、狼狽《うろた》えた。

「黙りおれッ！　きさまのような嘘つきの盗人に、甘い顔はできねえんだ！」

伝次郎がめずらしく声を荒らげると、金吾は真っ青になってふるえあがった。


それから三日後に金吾の吟味が終わり、筒井奉行によって裁きが下されたが、再度の調べの最中に金吾に余罪のあることがわかった。代官所からの回状があり、金吾が忍藩領にて行商人から金を強請り取り、関東取締出役の手先である村の番太に怪我を負わせたことがあきらかになったのだ。

よって奉行の筒井の裁きは容赦なかった。

「死罪を申しつける」

であった。


秋風が冷たくなった日が二、三日つづいたが、その日は風もなく過ごしやすい気候であった。伝次郎は取り立てて役目を与《あずか》っていなかったが、

「今日は天気がよくて気持ちよい。たまには見廻りでもやるか」

と、暇を持て余している与茂七に声をかけて、川口町の自宅をぶらりと出た。

本八丁堀から本材木町の河岸道に出ると、

「条吉も暇であろう。呼んでこい。たまには鰻でも食おうではないか」

伝次郎が思いついたように言うと、与茂七は尻尾を振る飼い犬のような顔をして、条吉を呼びに行った。

伝次郎が河岸道で待つほどもなく、与茂七といっしょに条吉がやってきた。

「その後、おゆうには会ったか？」

伝次郎は真っ先に聞いた。

「いえ、会ってはいません。近所ですから気にはなっているんですが……」

「さようか」

伝次郎は黙って歩いた。

此度《こたび》の一件で、おゆうの気質は何となくわかっていた。人見知りの恥ずかしがり屋で、他人からの干渉を敬遠する女だ。条吉も無闇に立ち入ることを控えているのだろう。

町は平穏であった。商家の前で立ち話をして笑い声をあげているおかみがいれば、きゃっきゃとはしゃぎ声をあげて、裸足で駆け去る子供たちがいた。

「旦那、鰻はどこで食うんです？」

よほどそのことを楽しみにしているらしく、与茂七が声をかけてきた。

「小網町に知っている店がある」

「それじゃ、きっと〈ふじ亭〉だ」

与茂七が涎《よだれ》を垂らしそうな顔をする。

小網町一丁目を抜け思案橋をわたってしばらく行ったところだった。そこはちょうど、船宿鈴木屋の前だったのだが、身なりのよい商人ふうの男が出てきて、そのあとで鈴木屋の跡取りの与一郎とおゆうが姿をあらわした。

伝次郎が立ち止まると、おゆうもそれと気づき、小走りに近づいてきてちょこんとお辞儀をした。

「その節は大変お世話になりました」

そう言ったあとで、条吉に目を向け二、三歩近づくと、

「忘れていたものがあります。お返ししなければと思っていたのです」

そう言って、おゆうは懐から出した財布を粂吉にわたした。

「あ、これは……」

「ちゃんとお返しいたしました。それからお金もそのままですから……ありがとうございました」

おゆうはまた頭を下げた。

「そんなこと考えちゃいなかったのに……」

粂吉は財布とおゆうに視線を往復させた。

「あの、わたし、仕事が見つかったのです」

粂吉は目をみはった。

「ほんとうかい、そりゃあよかった。で、何をするんだ？」

聞くと、船宿鈴木屋の与一郎が前に出てきて、伝次郎に軽い会釈をして話した。

「おゆうには捨てがたい絵の才があると思っていたんです。それで、手前の船宿を贔屓にされている人に見せますと、是非にも会わせてくれということになりまして、今日話がまとまったんでございます。駿河町《するがちょう》の越後屋《えちご》さんの大番頭・紀右衛門《きえもん》さんです」

与一郎は身なりのよい男を紹介した。

「へっ、すると、おゆうは越後屋に……」

粂吉が目をまるくすると、越後屋の紀右衛門が口を開いた。

「さようです。おゆうの絵を見て、わたしはすぐに決めました。こんな絵師を放っておく手はない。是非ともうちの店の職人になってもらおうと話をしたところです。おゆうも納得してくれて、胸を撫で下ろしているところです」

「越後屋さんで絵を描くってことか……でも、どんな仕事をするんだ？」

粂吉はおゆうに聞いたが、また紀右衛門が答えた。

「着物の絵柄です。扇子や団扇《うちわ》にも描いてもらうことになりましょうが、必ずやいい品になるはずです。住み込みではたらいてもらうつもりですが、おゆうはそれでもかまわないと申しますので、願ったり叶ったりでございます」

「そうかい、そりゃよかった」

粂吉は心底安堵した顔でおゆうを見て頰をゆるめた。

「では、そろそろ……」

与一郎がおゆうと紀右衛門をうながし、伝次郎たちに辞儀をして去った。

条吉はその三人を見送っていたが、ふとおゆうが振り返り、拝むように両手を合わせ何度も会釈をした。

「……よかった、ほんとうによかった。よかった」

うなずきながらつぶやく条吉は、いつしか涙を溢れさせていた。

「よかった、ほんとうによかった。よかったな、おゆう……」

伝次郎は何も言えなくなった。

条吉はおゆうに、自分の妹・おさとの影を見ているのだ。

「さ、まいろう」

おゆうたちの姿が見えなくなってから伝次郎は条吉をうながした。

そばにいる与茂七は、わけがわかったのかどうかわからないが、もらい泣きをしていた。片腕で目をしごくと、

「なんだい条さん、おれも何だかさァ……」

と、苦笑いをする。

「すまねえ。嬉しくて、嬉しくてよ。旦那、みっともねえとこを……」

「条吉、ほら」

伝次郎は自分の手拭いをわたしてやった。

「ありがとうございます。あっしにもよくわからねえんですが、嬉しくて嬉しくてしょうがねえんです」

条吉はそう言ってまた涙を流すのだった。

光文社文庫

文庫書下ろし／長編時代小説
追《つい》　　慕《ぼ》　隠《おん》密《みつ》船《せん》頭《どう》（七）
著　者　稲《いな》　葉《ば》　稔《みのる》

2021年7月20日　初版1刷発行

発行者　鈴　木　広　和
印　刷　新　藤　慶　昌　堂
製　本　ナショナル製本

発行所　株式会社　光　文　社
〒112-8011　東京都文京区音羽1-16-6
電話 (03)5395-8149　編　集　部
8116　書籍販売部
8125　業　務　部

落丁本·乱丁本は業務部にご連絡くだされば、お取替えいたします。
ISBN978-4-334-79221-3　Printed in Japan

組版　萩原印刷